Story & Art by AnYU

LOST IN RED

CONTENTS

LOST IN RED

Chapter 1

初夏五晨

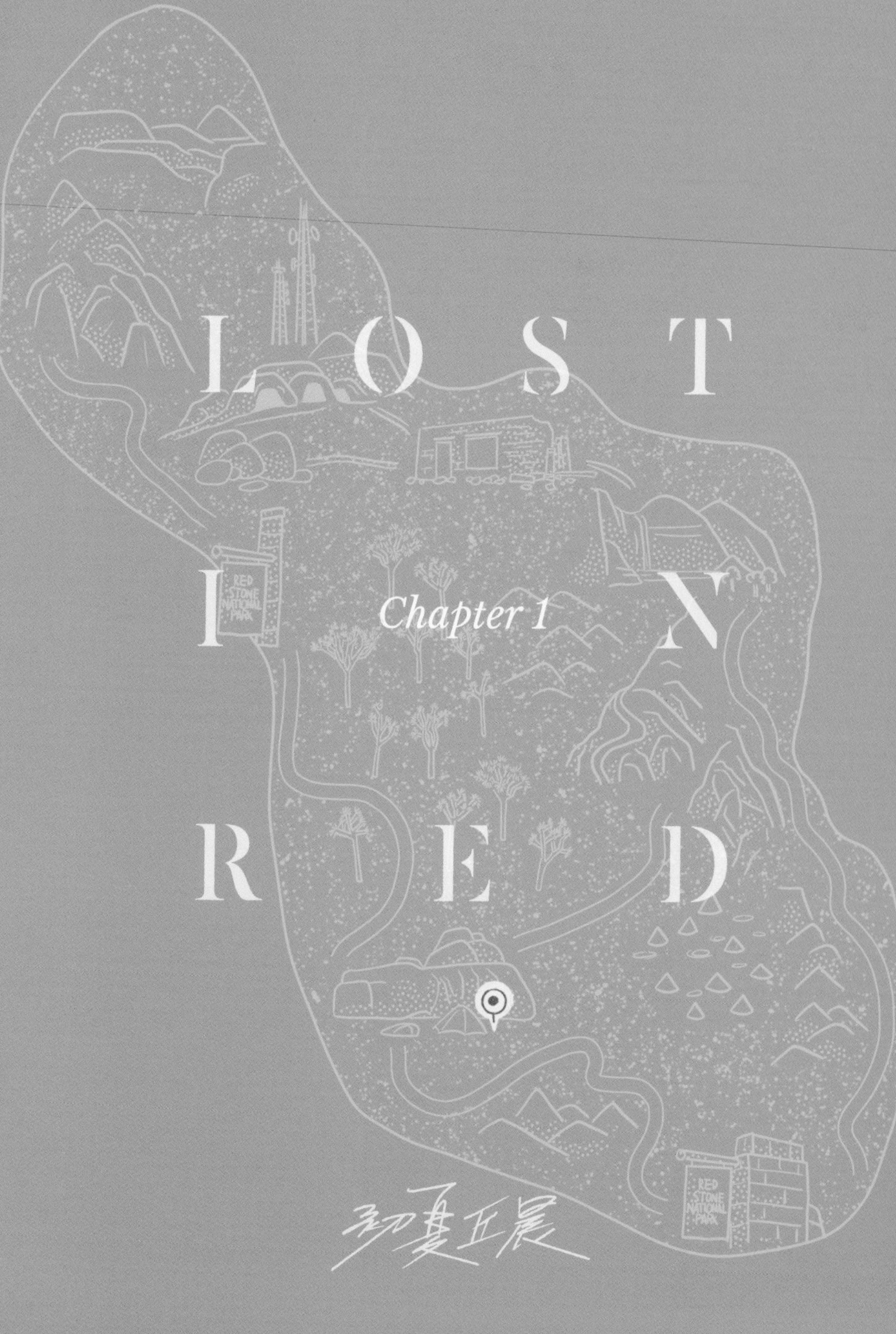

RED
STONE
NATIONAL
PARK

對不起，你生氣了嗎？
我才沒有生你的氣，
只是如果她能稍微配合一點，
會沒那麼累人。
都是我不好，如果不是因為阿芷失戀，
我也不會答應讓她同來旅行的請求，
我好像搞砸了這次畢業旅行呢。

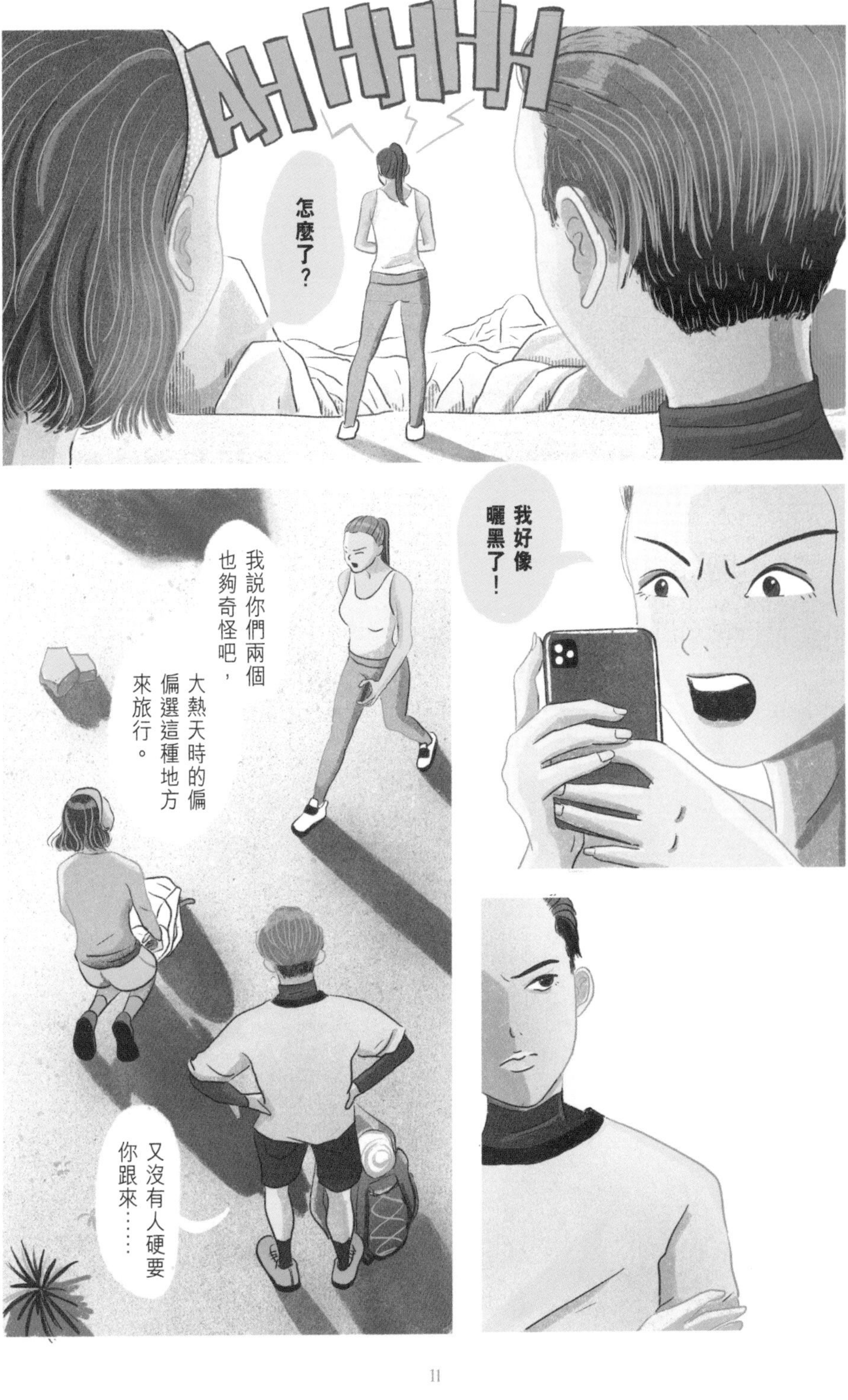
AHHHHH
怎麼了？
我好像曬黑了！
我說你們兩個也夠奇怪吧，
大熱天時的偏偏選這種地方來旅行。
又沒有人硬要你跟來……

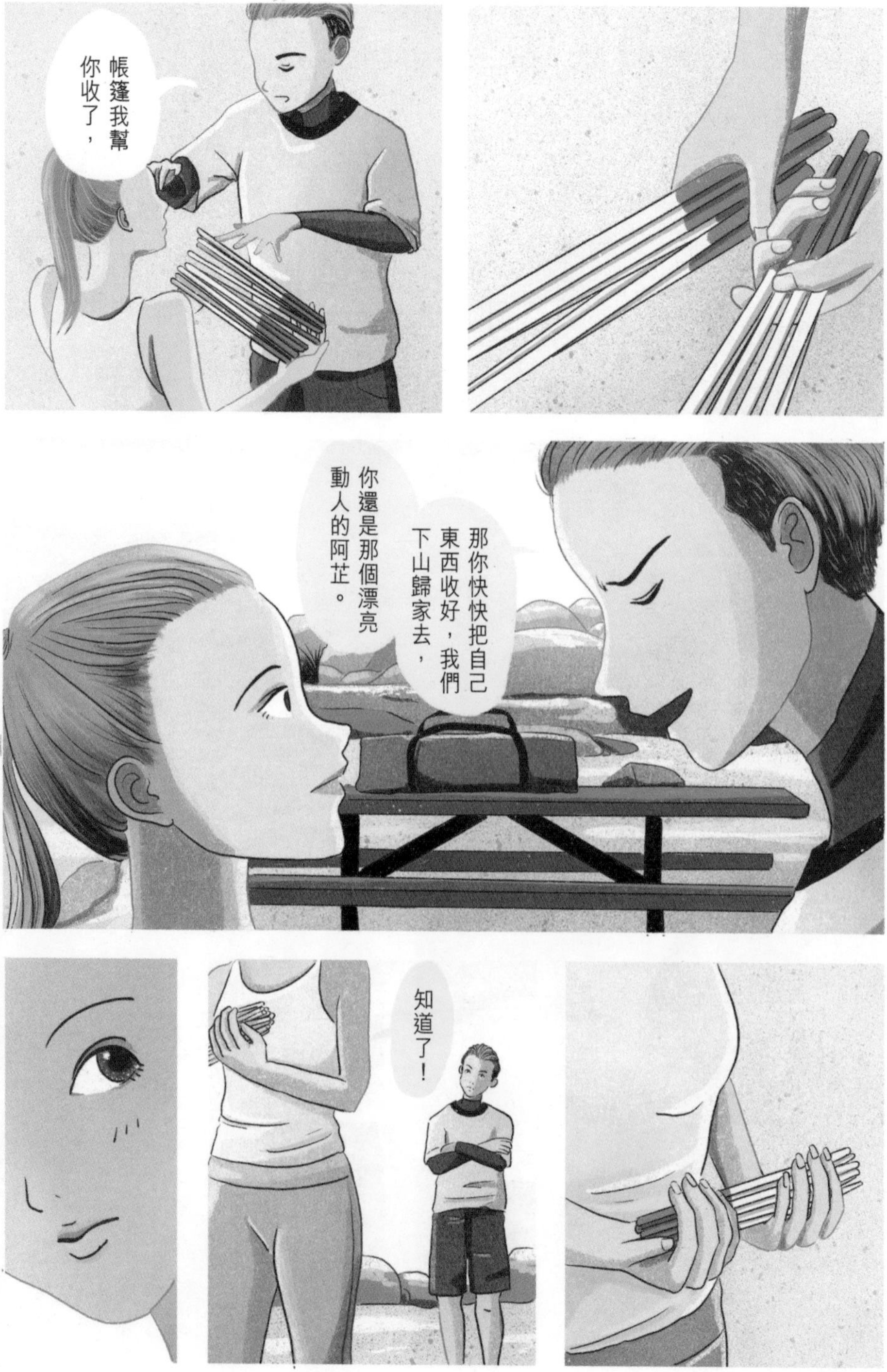
帳篷我幫你收了，
那你快快把自己東西收好，我們下山歸家去，
你還是那個漂亮動人的阿芷。
知道了！

還有不遠就到了。
黑漆漆一片叫人怎樣下山？
小葵！
痛……

有沒有受傷？
好像扭到腳了……
來，我扶你。
我們就到了。

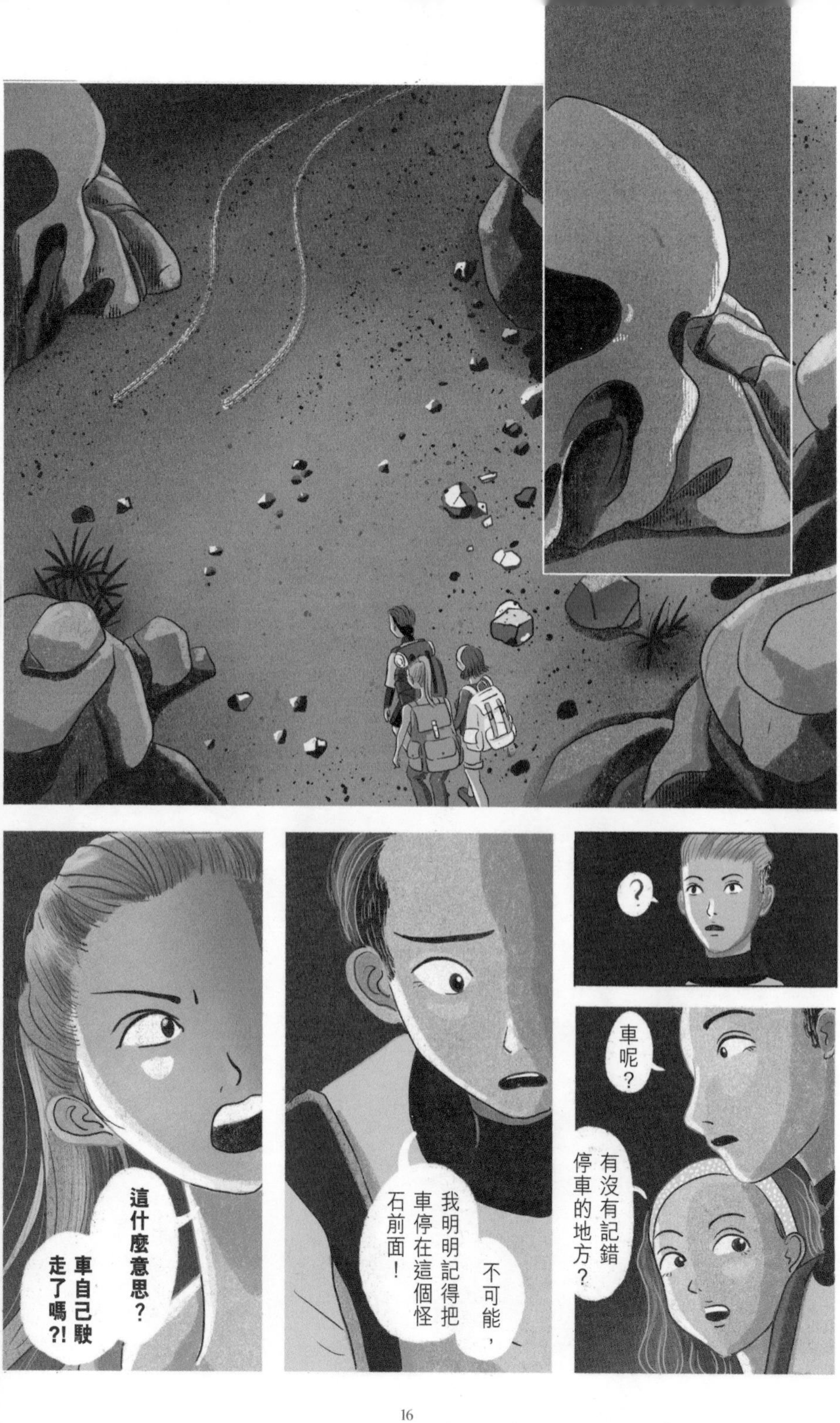
？
車呢？
有沒有記錯停車的地方？
不可能，我明明記得把車停在這個怪石前面！
這什麼意思？車自己駛走了嗎？!

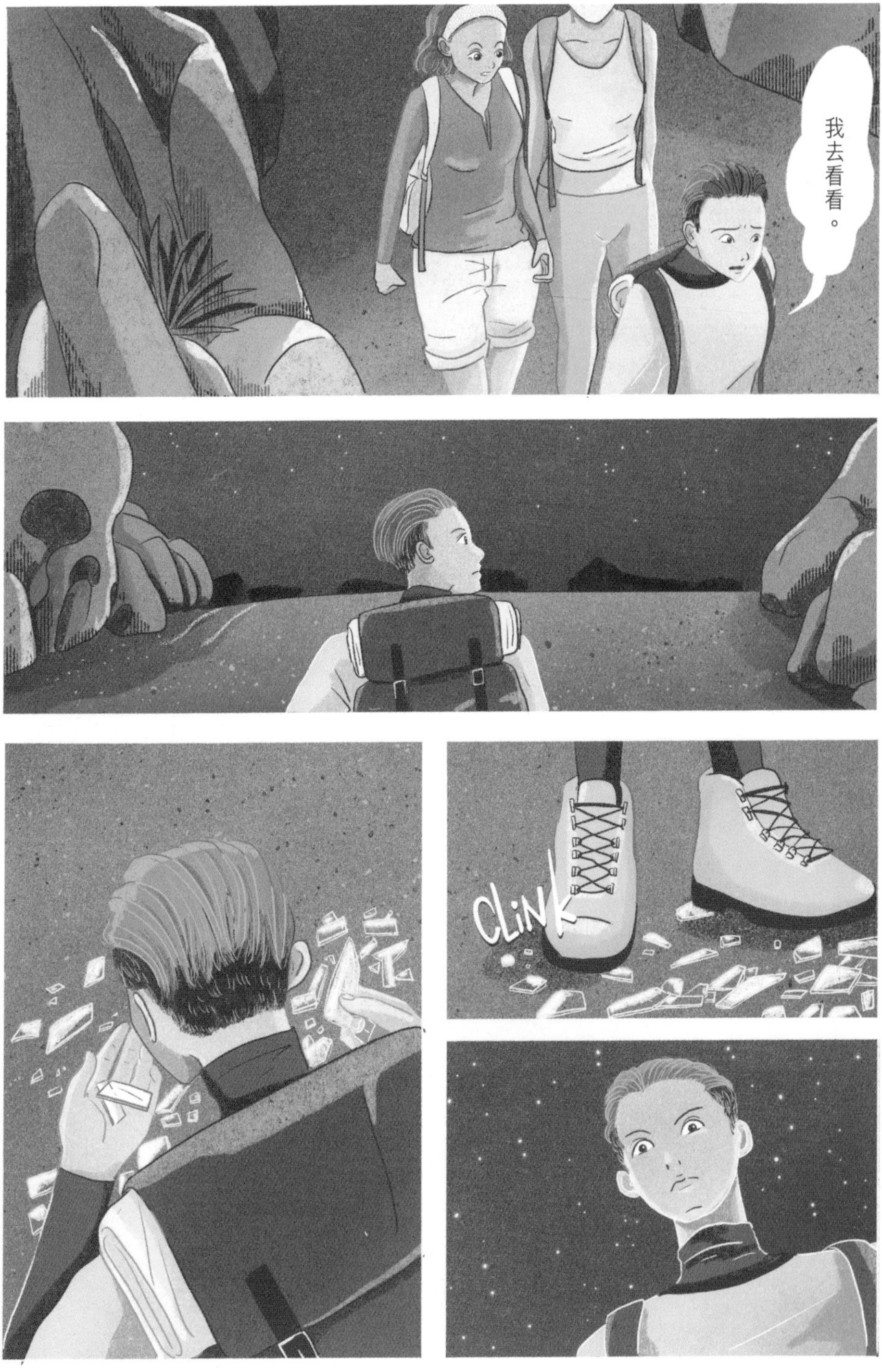
我去看看。
CLINK

怎麼樣？
我想車子被偷了。
玻璃？
難道……
不會吧？

地圖不在……
我所有物資都在車上，這下怎麼辦？
可惡！完全接收不到訊號！

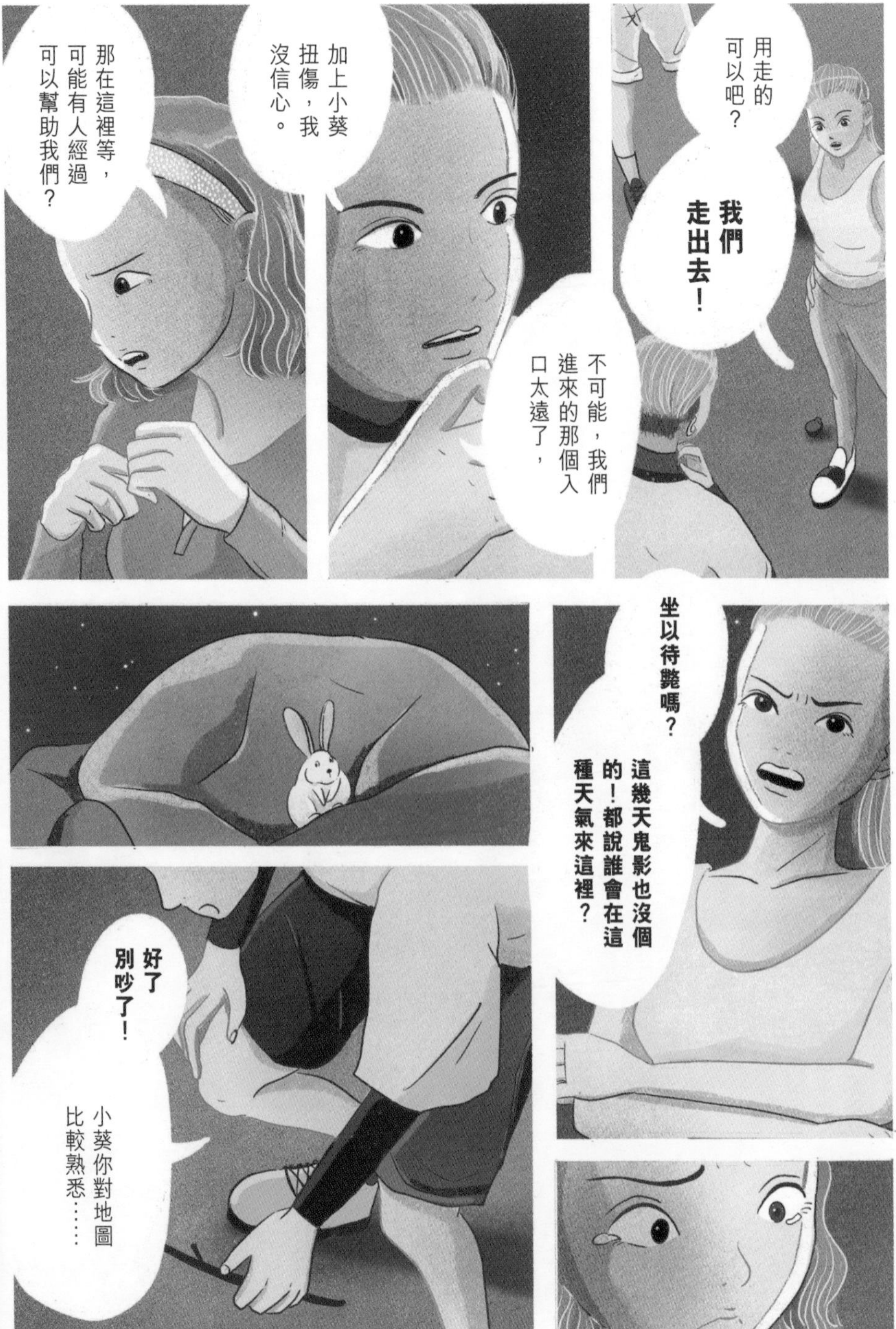
用走的可以吧？
我們走出去！
不可能，進來的那個入口太遠了，
加上小葵扭傷，我沒信心。
那在這裡等，可能有人經過可以幫助我們？
坐以待斃嗎？
這幾天鬼影也沒個的！都說誰會在這種天氣來這裡？
好了別吵了！
小葵你對地圖比較熟悉……

然後這邊
有片矮樹群，
我們現在
在這裡……
我們從南邊入
口進來……

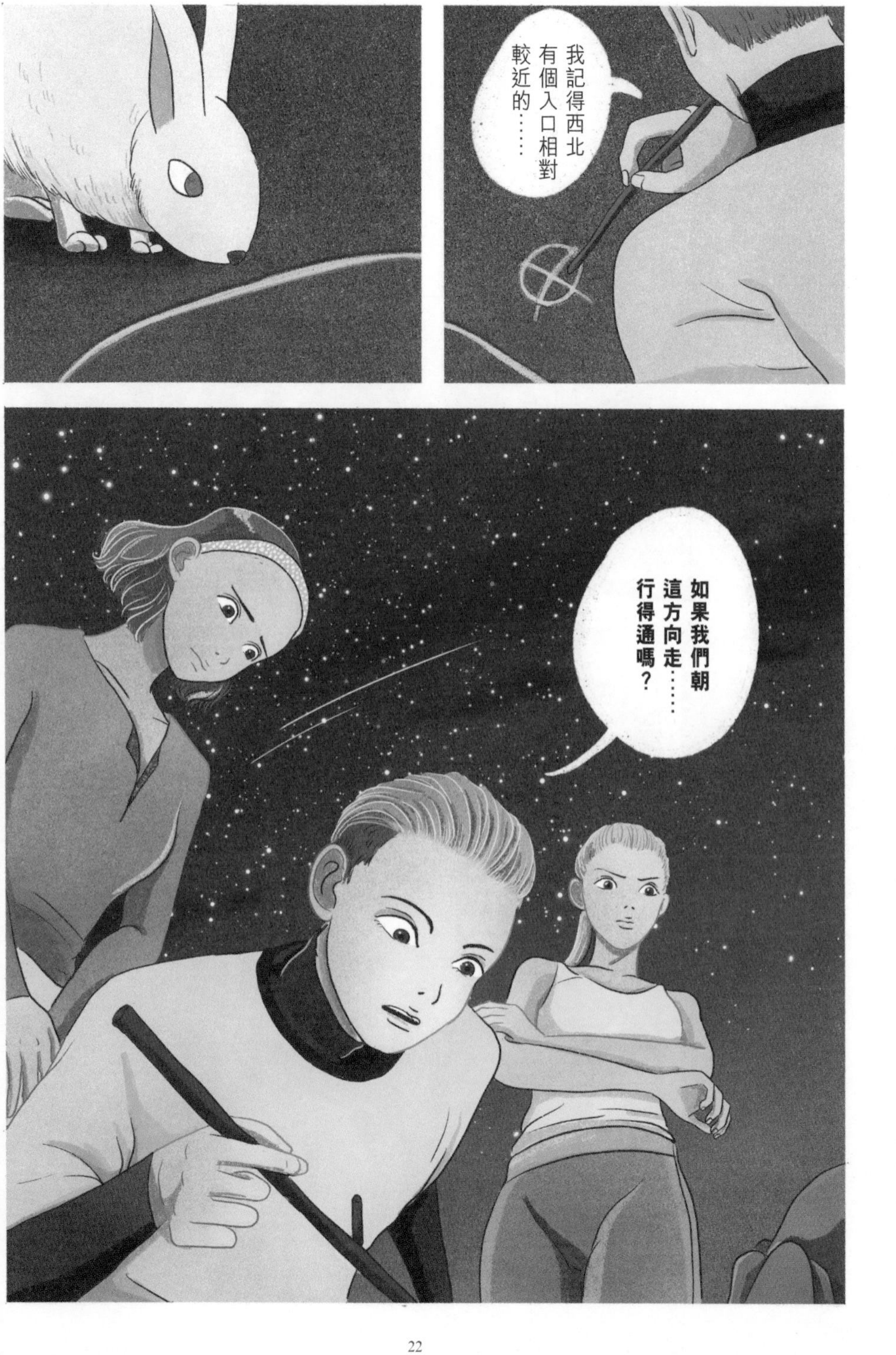
我記得西北有個入口相對較近的……
如果我們朝這方向走……行得通嗎？

LOST IN RED

Chapter 2

初夏五晨

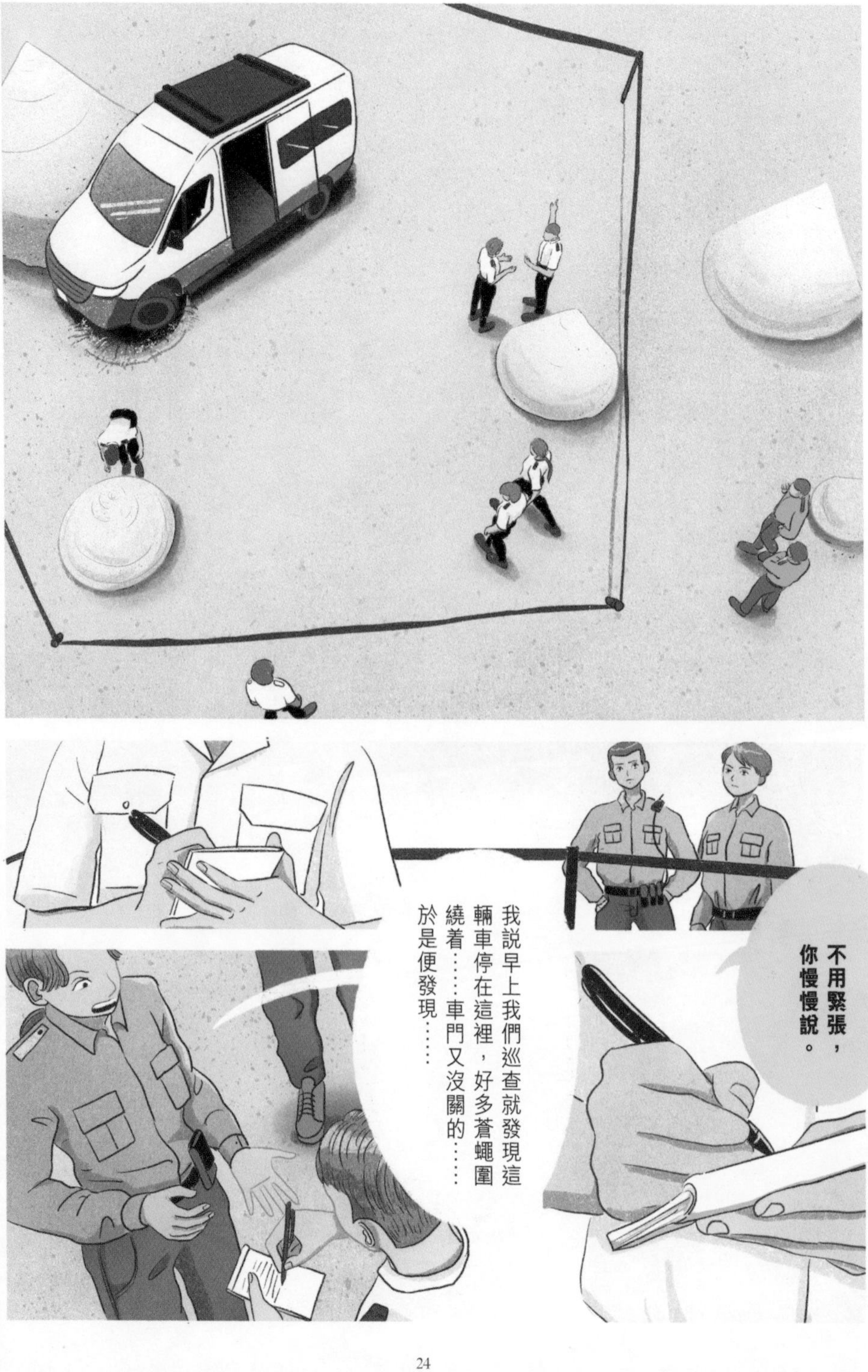
不用緊張，你慢慢說。
我說早上我們巡查就發現這輛車停在這裡，好多蒼蠅圍繞着……車門又沒關的……於是便發現……

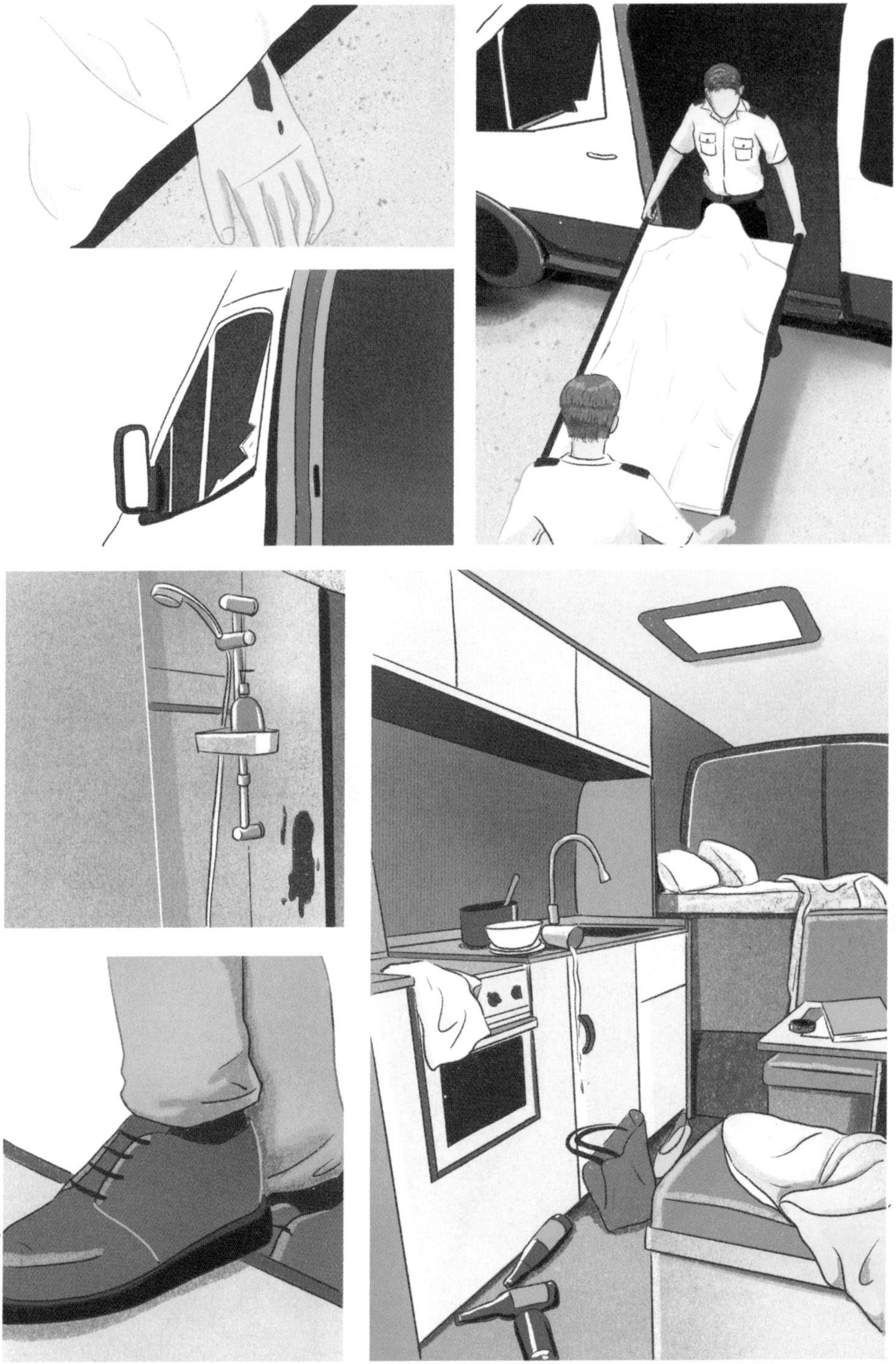

長官，找到車主了。
嗯……

紅石國家公
入園記錄
9月2日南邊入口入園，
車上有三名青年遊客，剛剛打過登記電話，但無法接通。

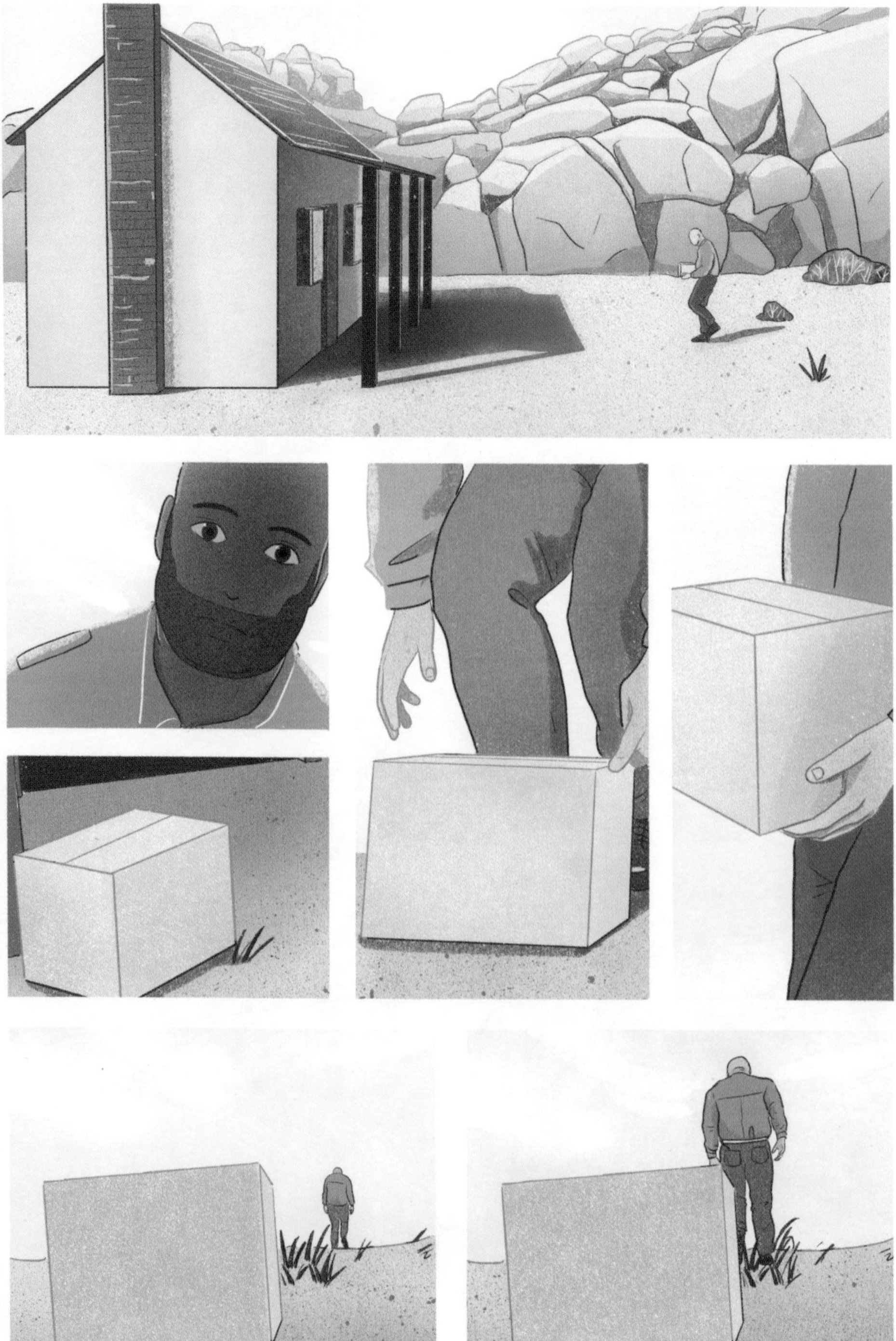

光曦，你確定沒有走錯路嗎？感覺這片樹群沒完沒了。
我……不知道……

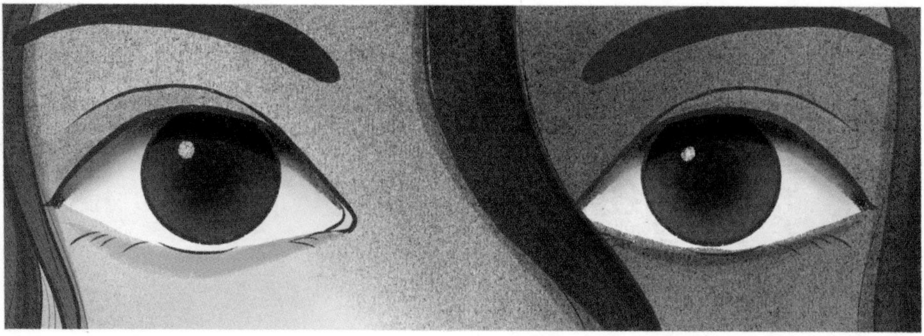

National Park

嗯？怎麼有個人在這裡……
見鬼了，真的有人?!

Hi……請問……
你知道離開這裡
最近的出口嗎？
我們有點
迷路……
你不用怕我們沒有
惡意，只是想搞清
楚方向。
我們走吧，
這女的奇奇怪怪的！

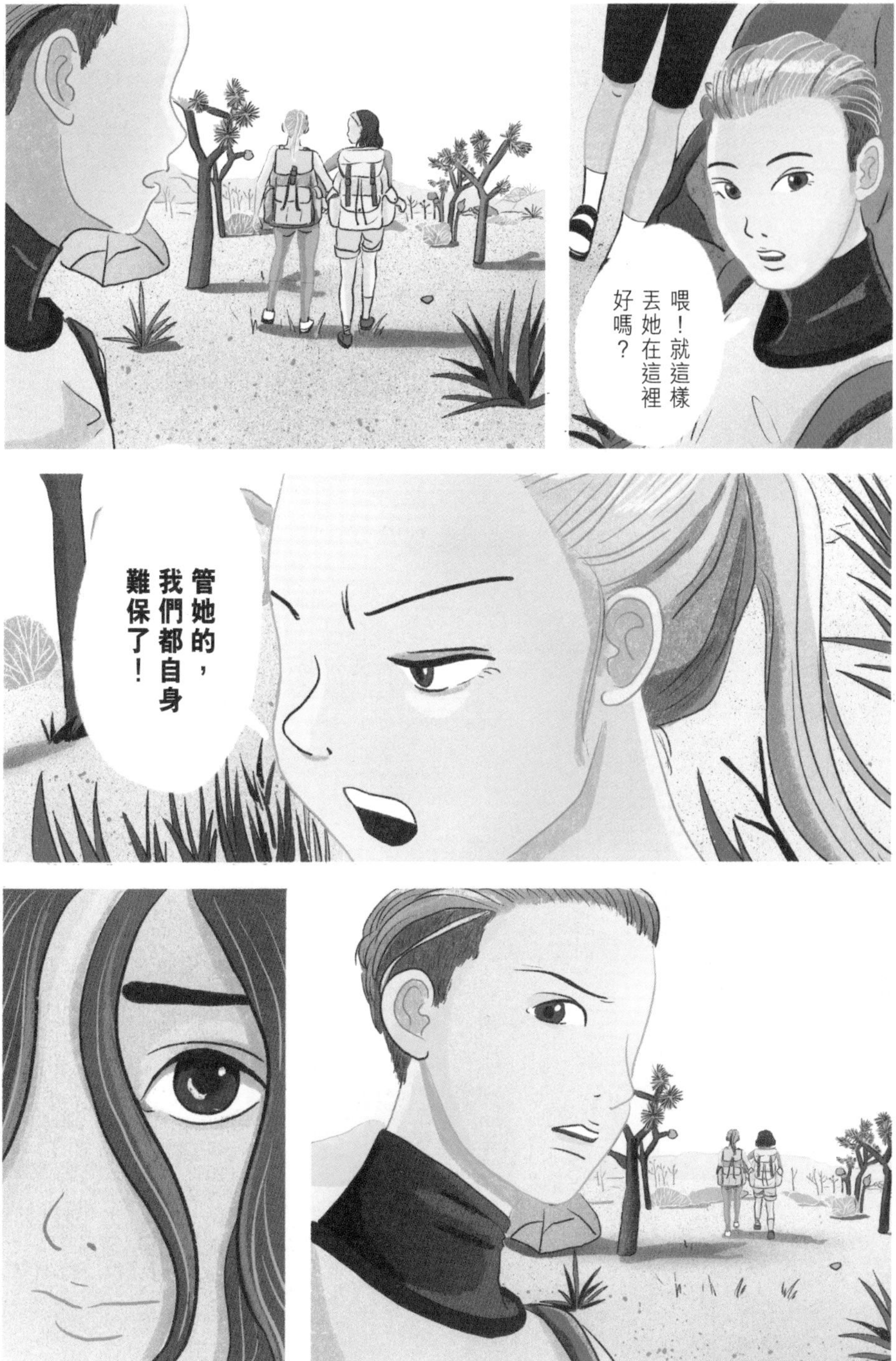
喂！就這樣丟她在這裡好嗎？
管她的，我們都自身難保了！

RED STONE
tional Park
她好像在跟着我們呢……

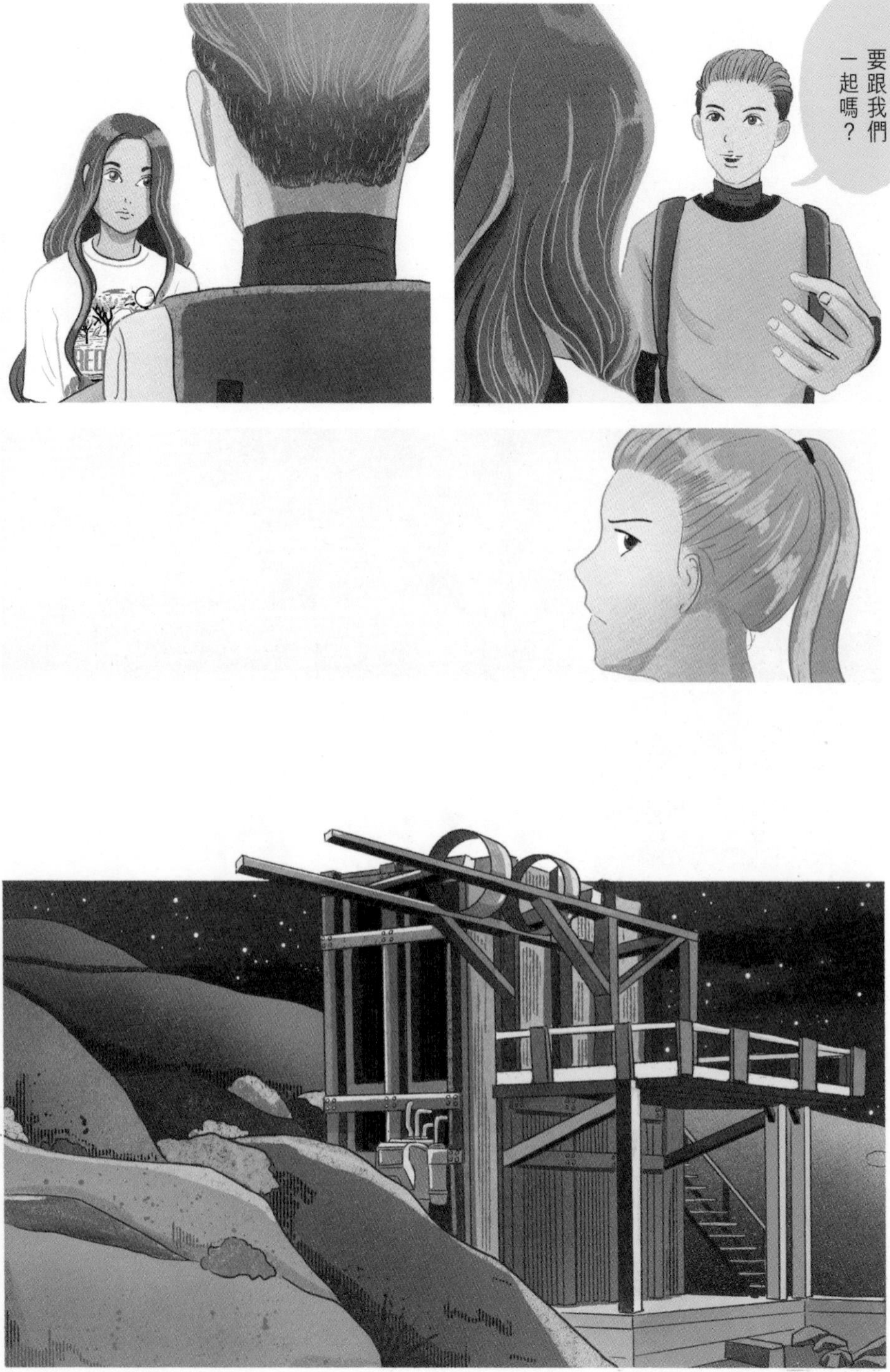
要跟我們一起嗎？

好痛……整個腫起來了……

……
給我的嗎？
Park

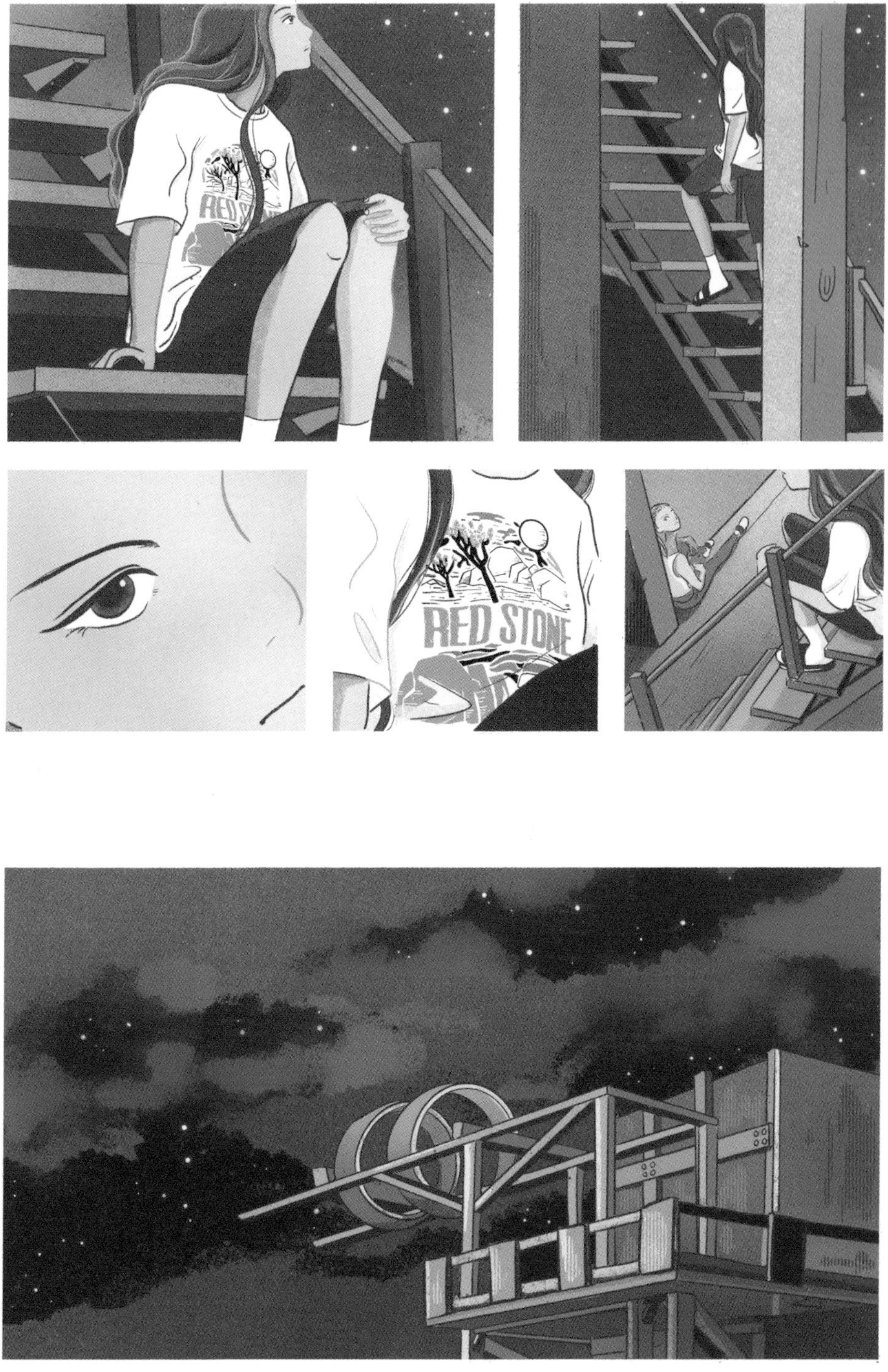
RED STONE

初夏！
丘晨？
我不是叫你不要再跟着我的嗎？
我才要問你跟着這班人到底想做什麼？

你要不理睬我到什麼時候？
不……
如果是因為那件事的話，我不是故意的。
我們已經不是第一次了……

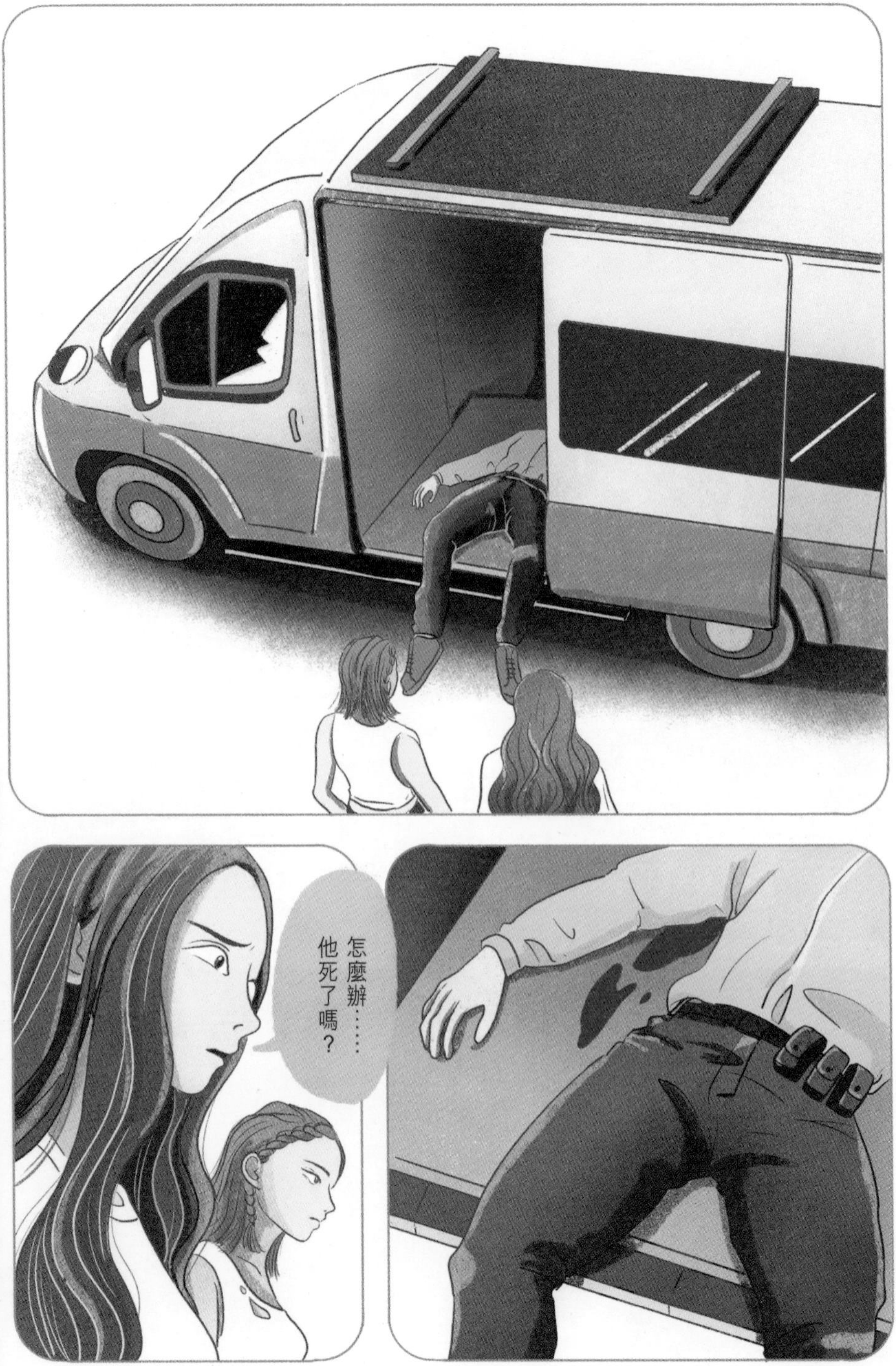
怎麼辦……
他死了嗎？

誰叫他發現了想抓住你！
我不是故意砸他的，
我們只是想取點食物呀……
把衣服換掉，
都染血了。
RED STONE

初夏！

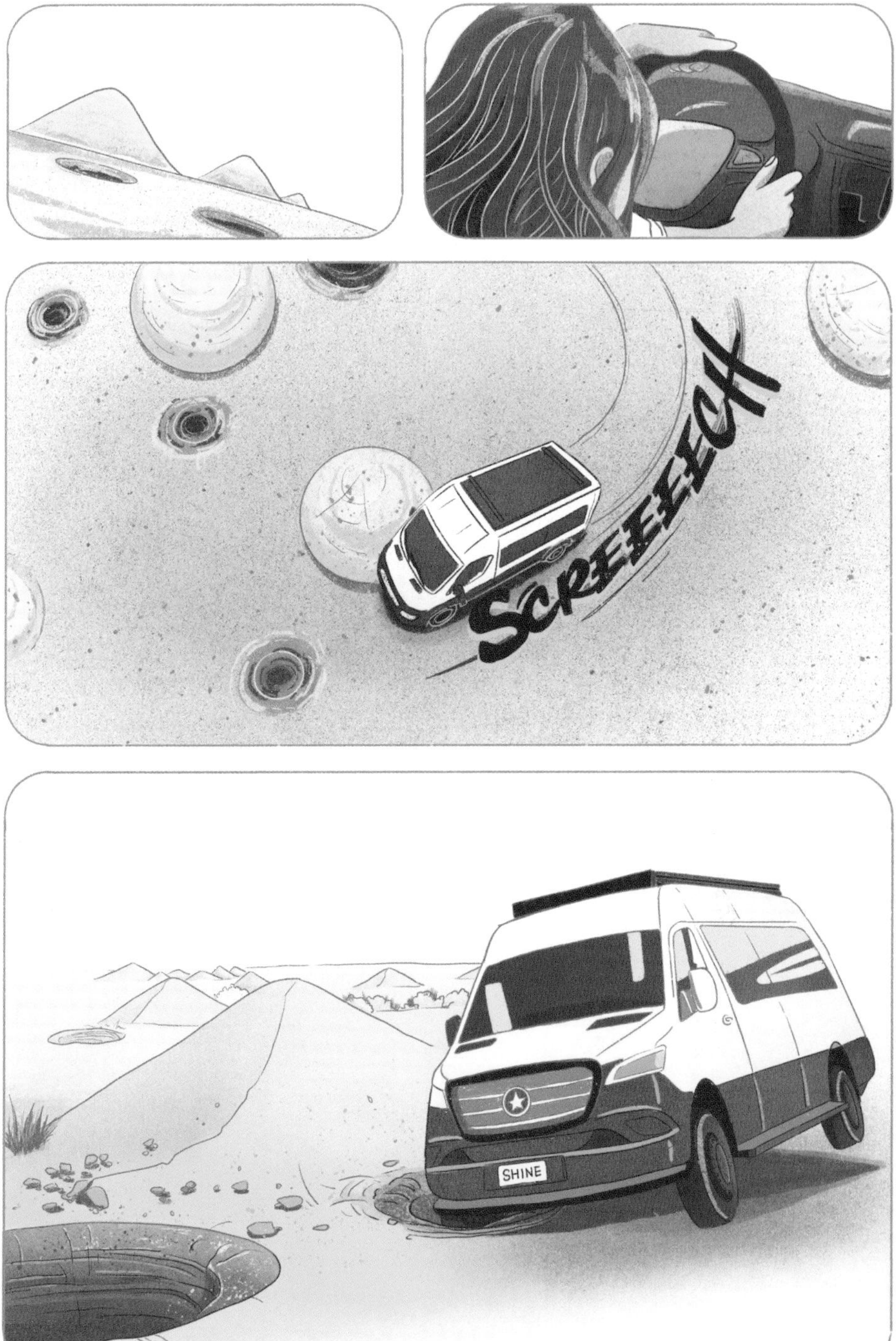
SCREEEECH
SHINE

對不起……
我不是故意的……

嗚哇～～～
那女人去哪了？
我們醒來已不見她了……
都說不要讓她跟來了，
奇奇怪怪的，
走了還好……

這能吃嗎？

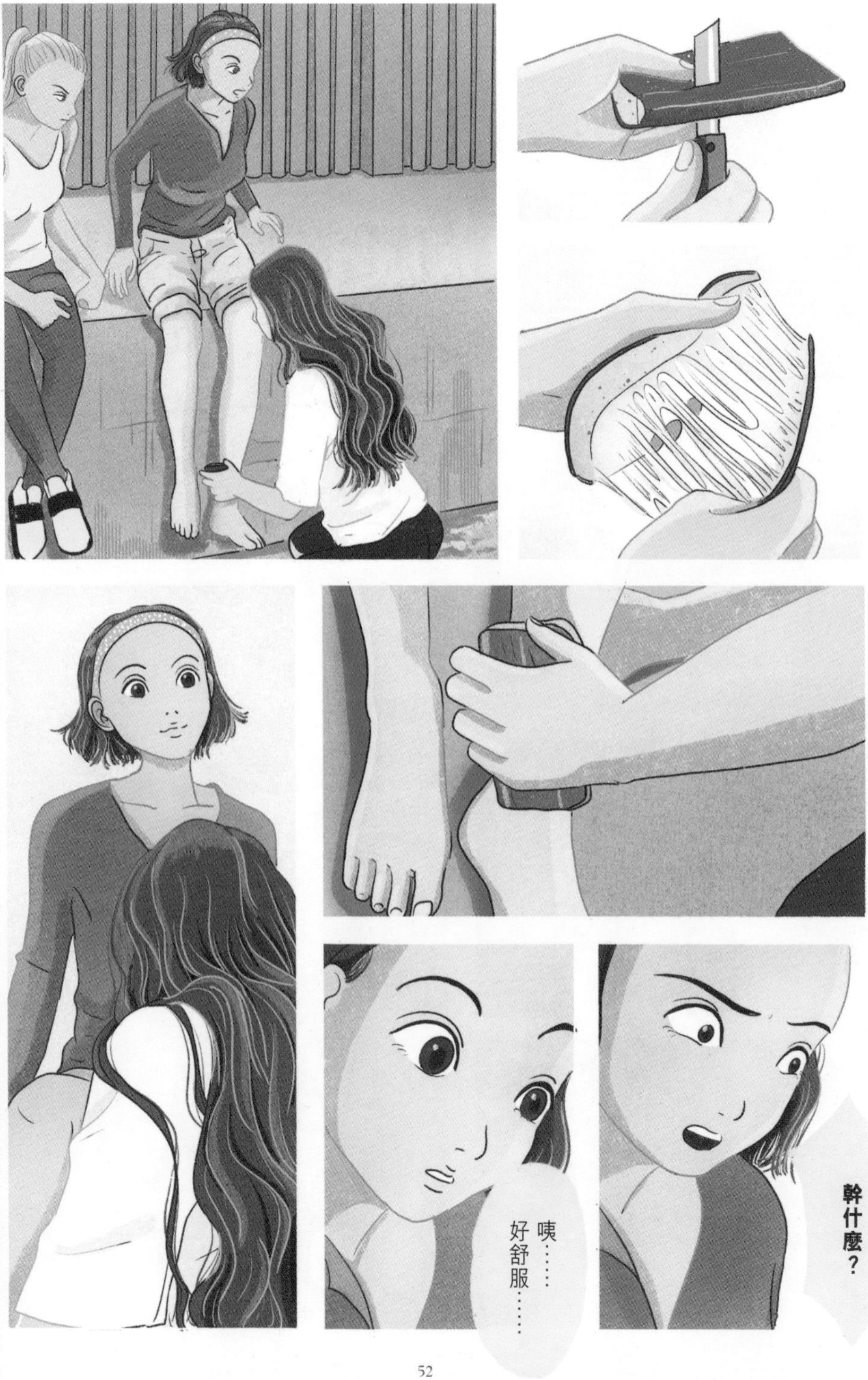
咦……
好舒服……
幹什麼？

LOST IN RED

Chapter 3

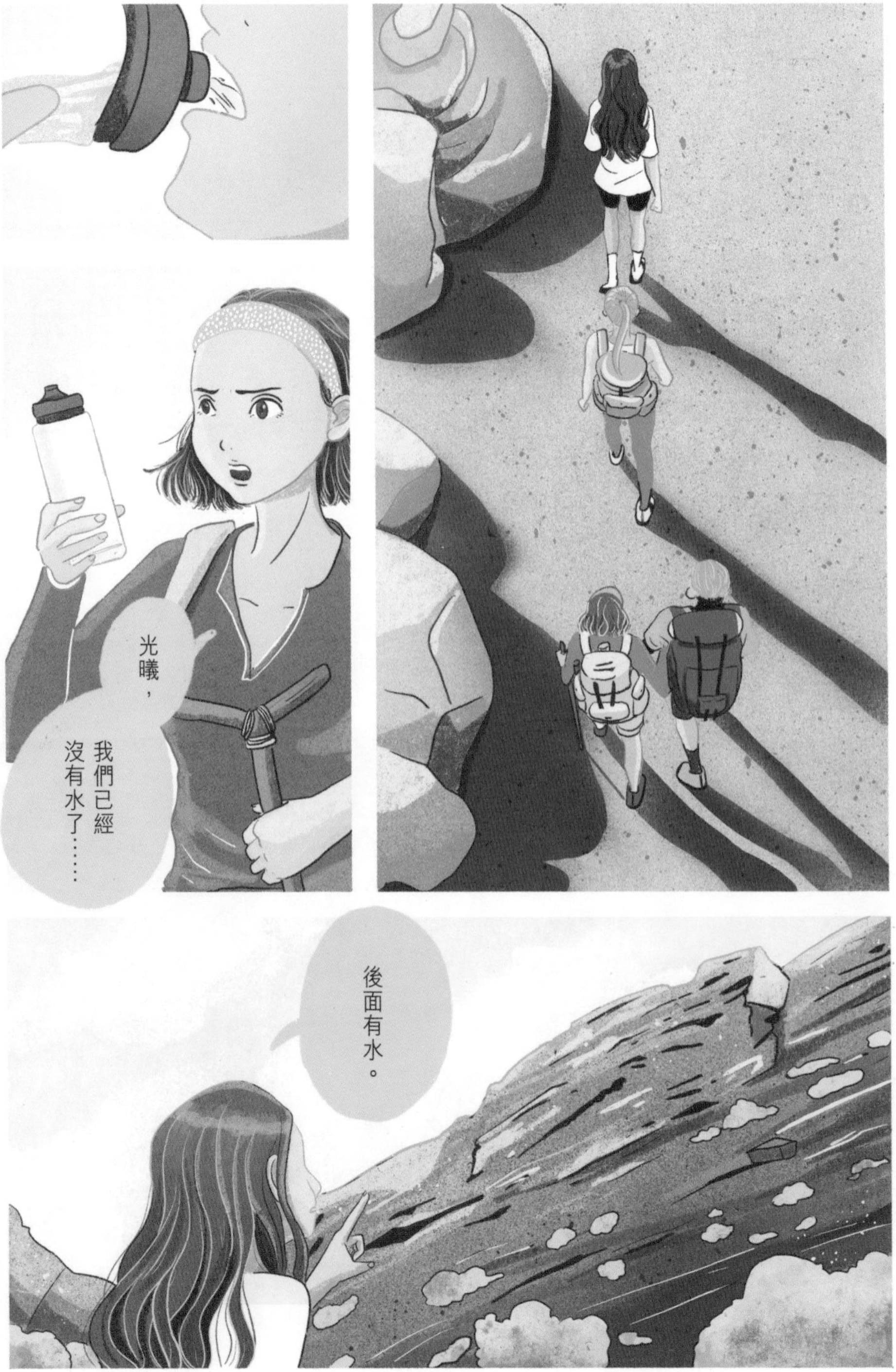
光曦，
我們已經沒有水了……
後面有水。

嗯……
先取點水吧，
不然大家都要渴死。
……
來，小葵我扶你。

光曦，不行了！
我走不動了。

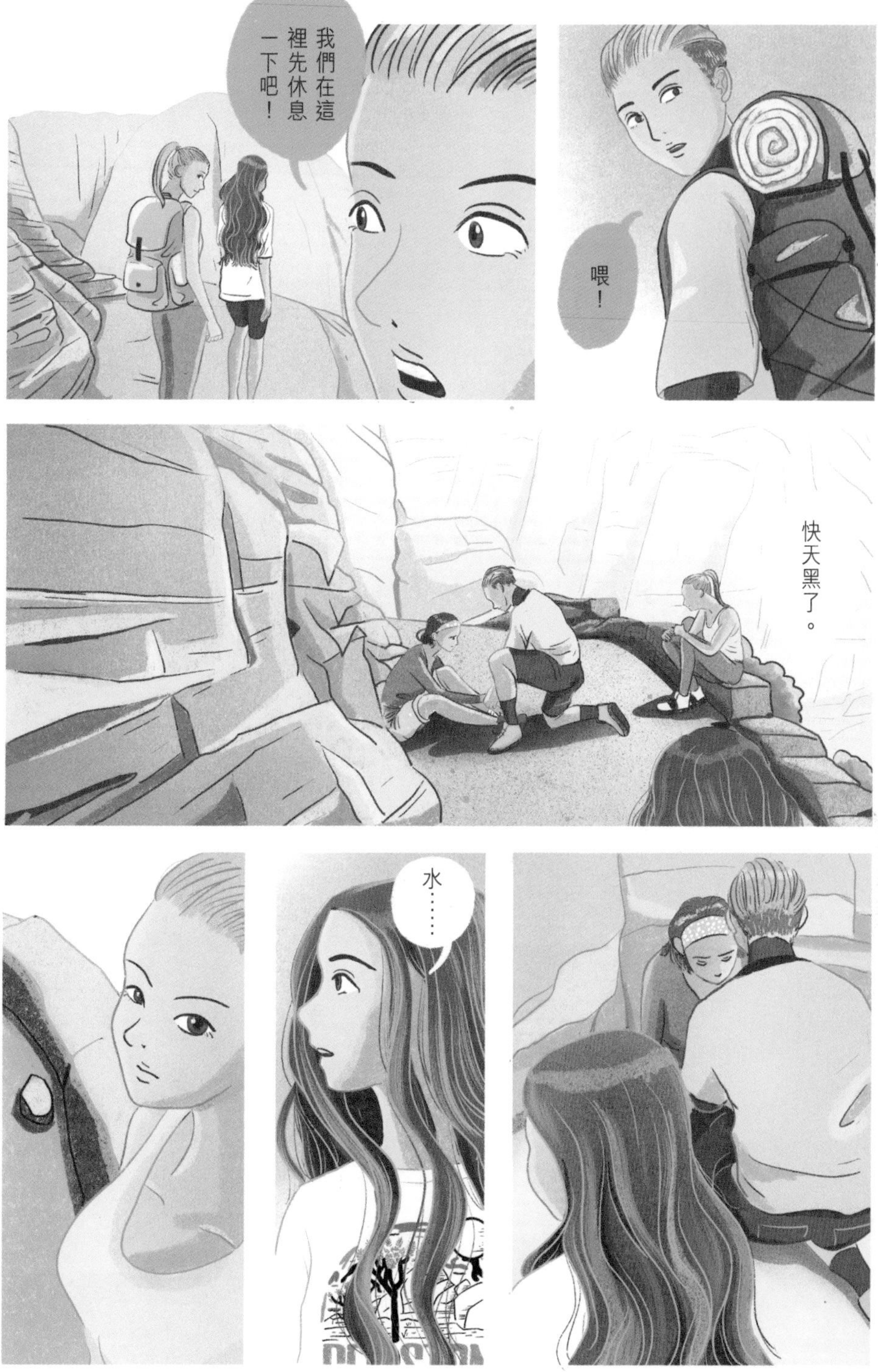
喂！
我們在這裡先休息一下吧！
快天黑了。
水……

她去哪裡？
大概去找食物吧。

喂！
至少告訴我們你的名字吧？
你怎麼都不說話啊？
你要去哪裡啊？
看你對這裡好像很熟悉般，你不會是真的迷路吧？

真衰，車子被偷之餘，還要帶着個啞巴！

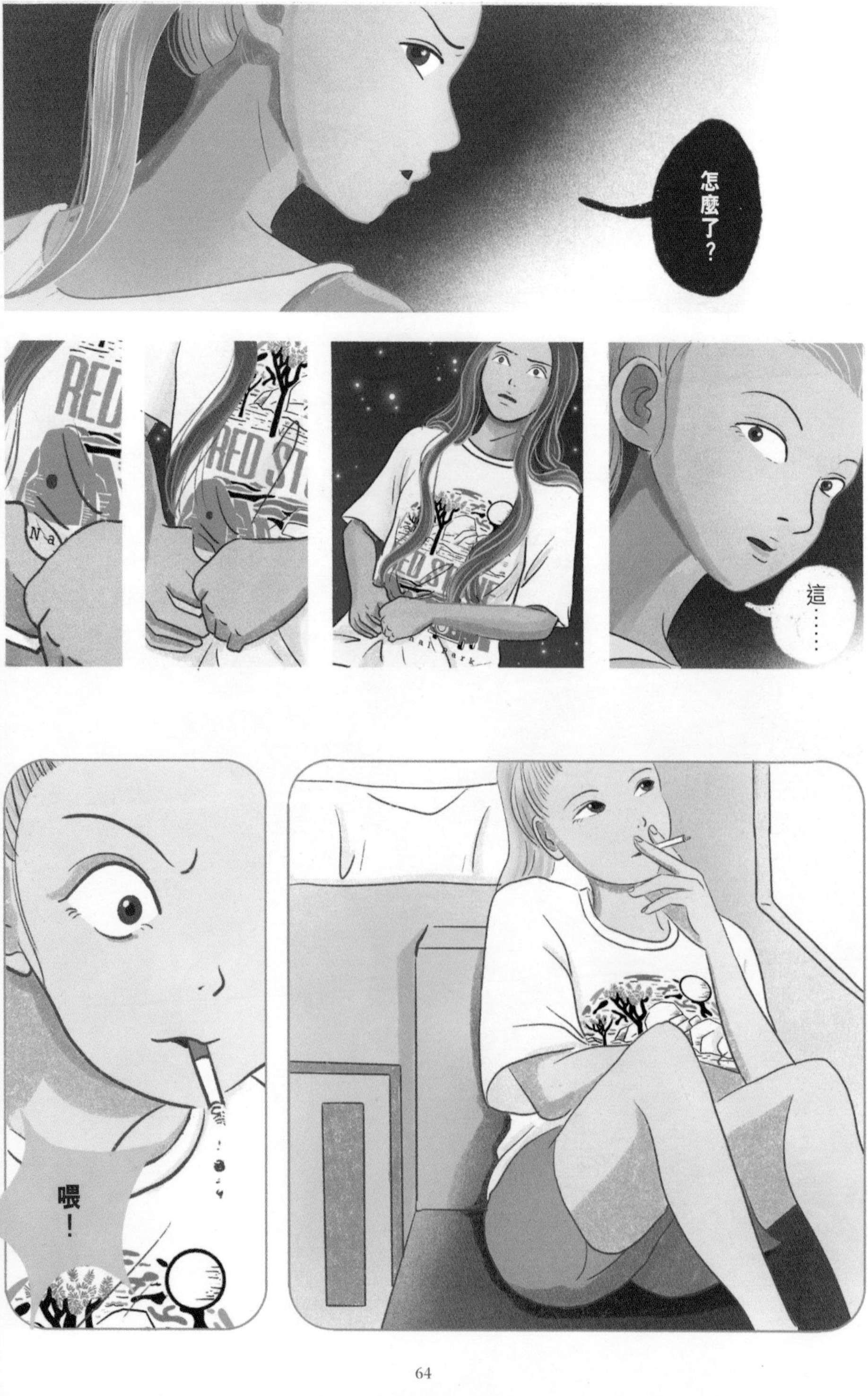
怎麼了？
RED
RED ST
這……
喂！

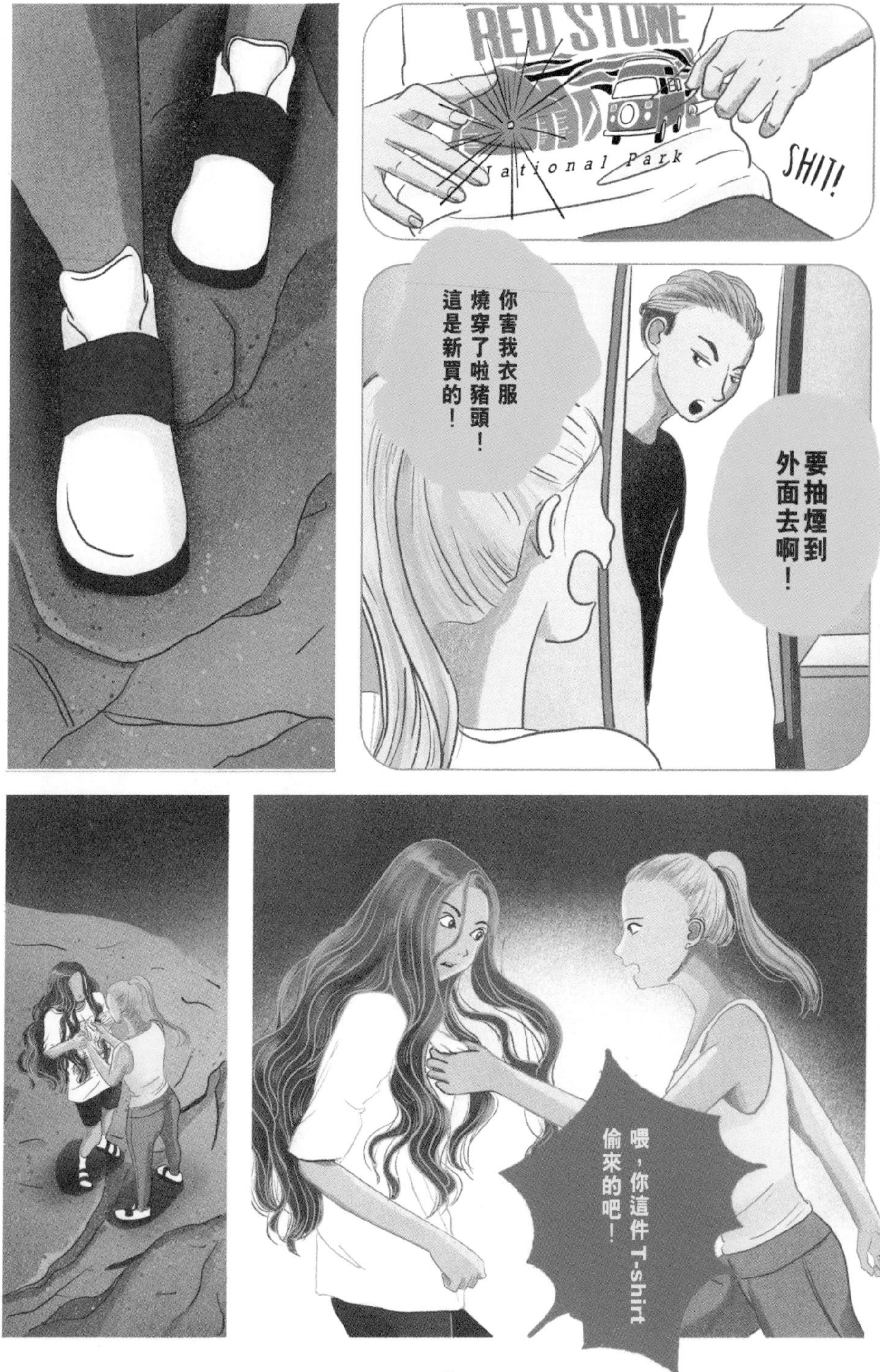
RED STONE
ational Park
SHIT!
你害我衣服燒穿了啦豬頭！這是新買的！
要抽煙到外面去啊！
喂，你這件 T-shirt 偷來的吧！

這擺明就是我的 T-shirt！
沒有……

你見過我們的露營車吧?!
不……
沒有!
沒有……

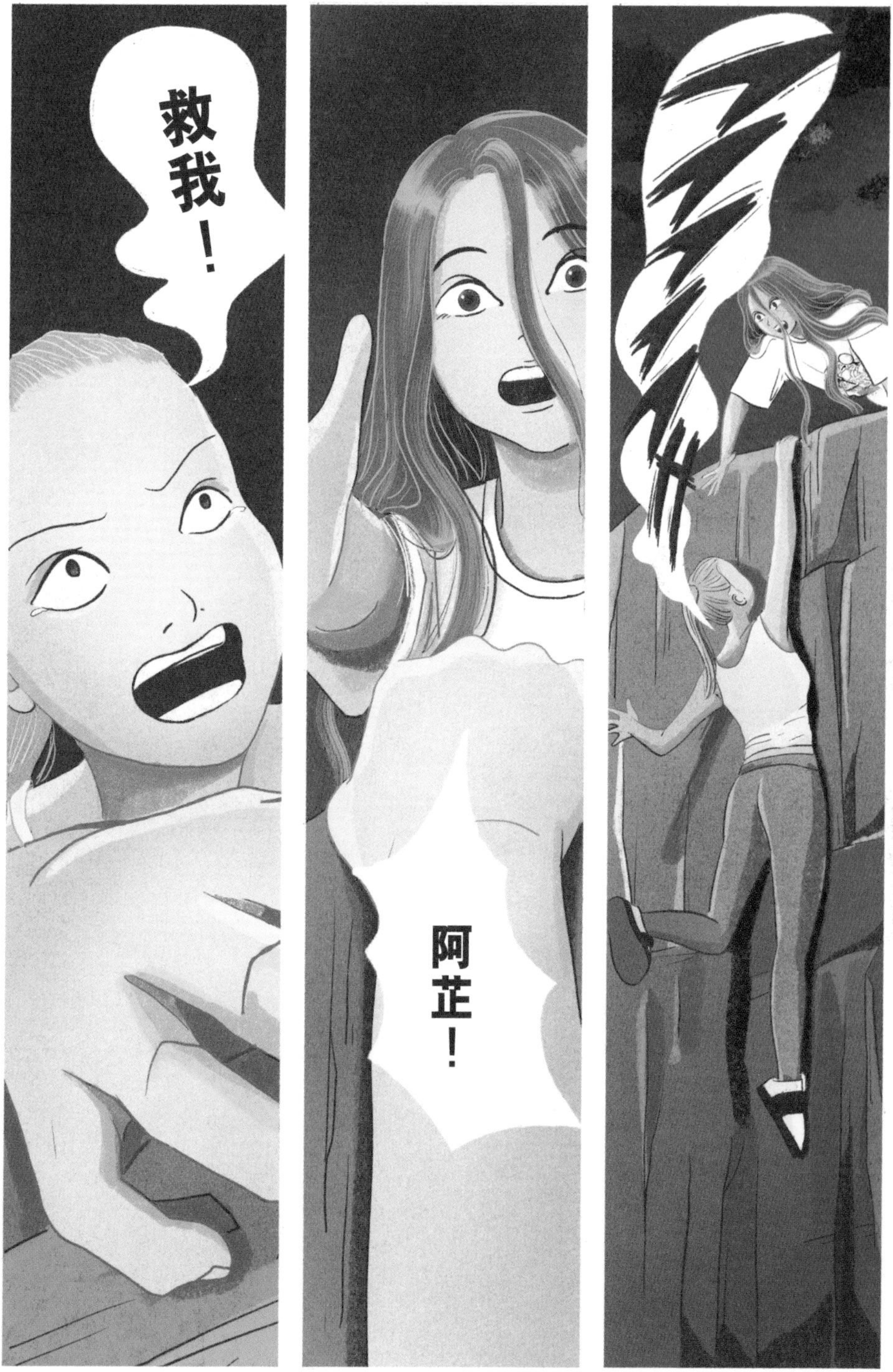
救我！
阿芷！

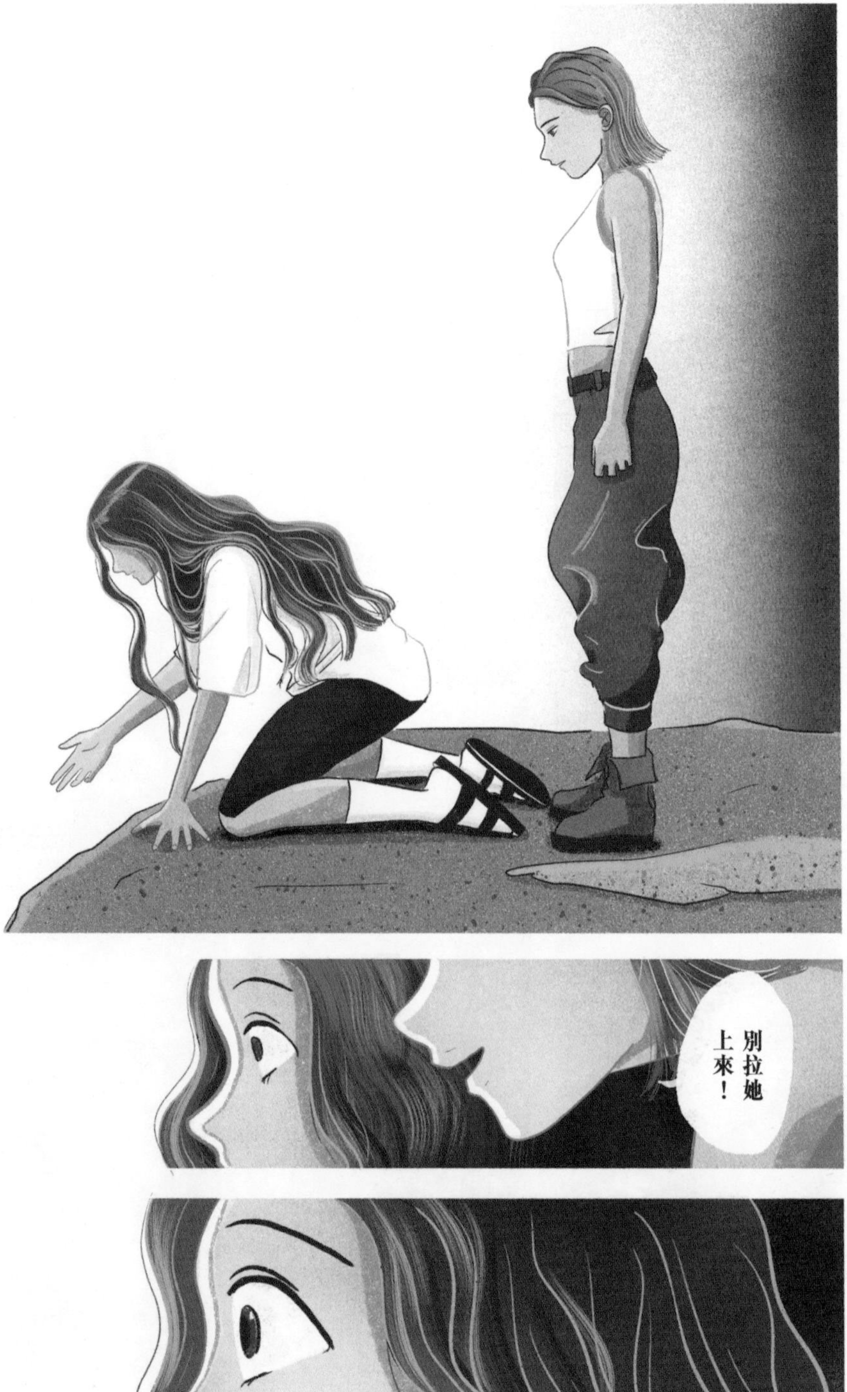
別拉她上來！

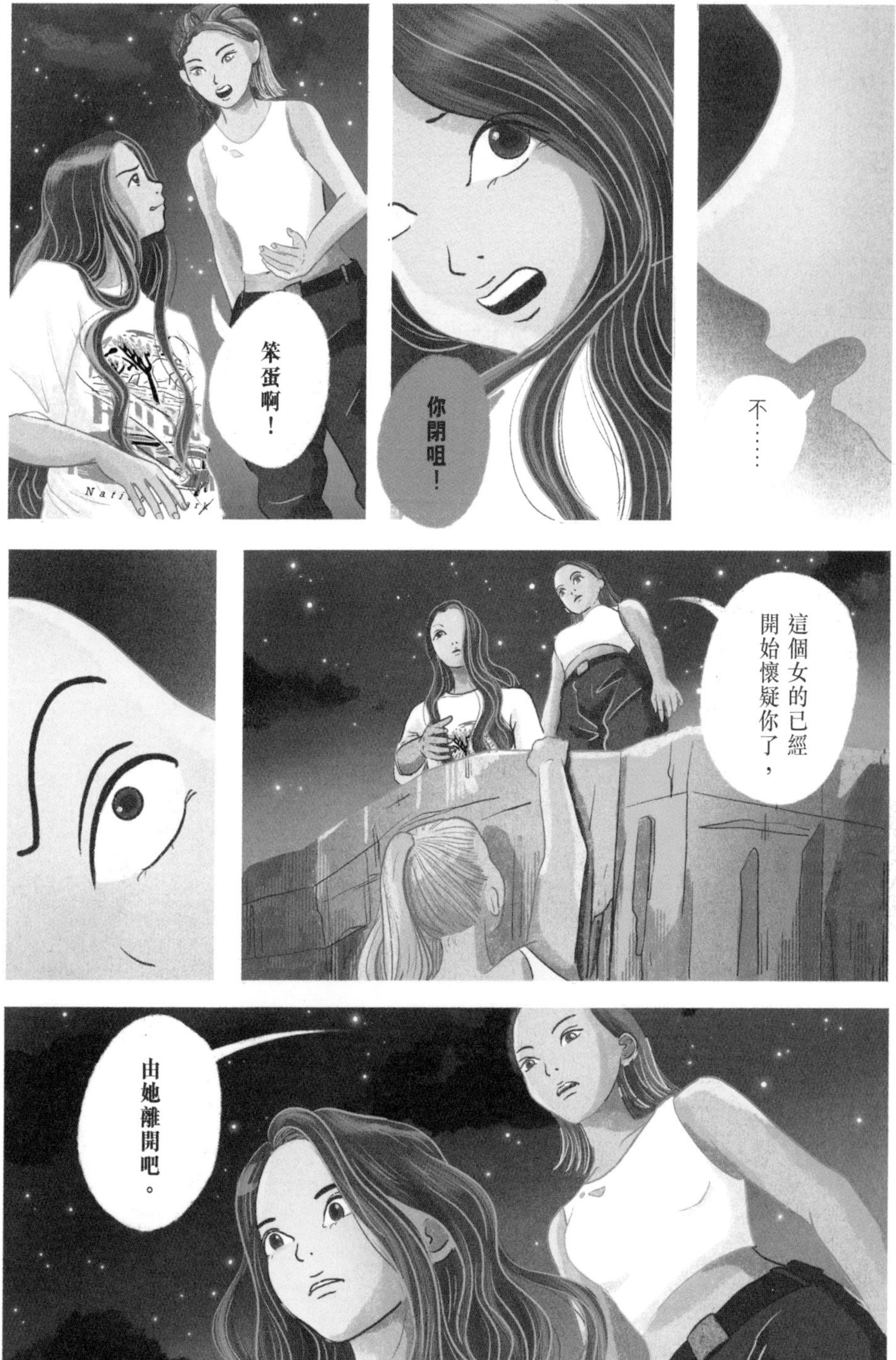

笨蛋啊！
你閉咀！
不……
這個女的已經開始懷疑你了，
由她離開吧。

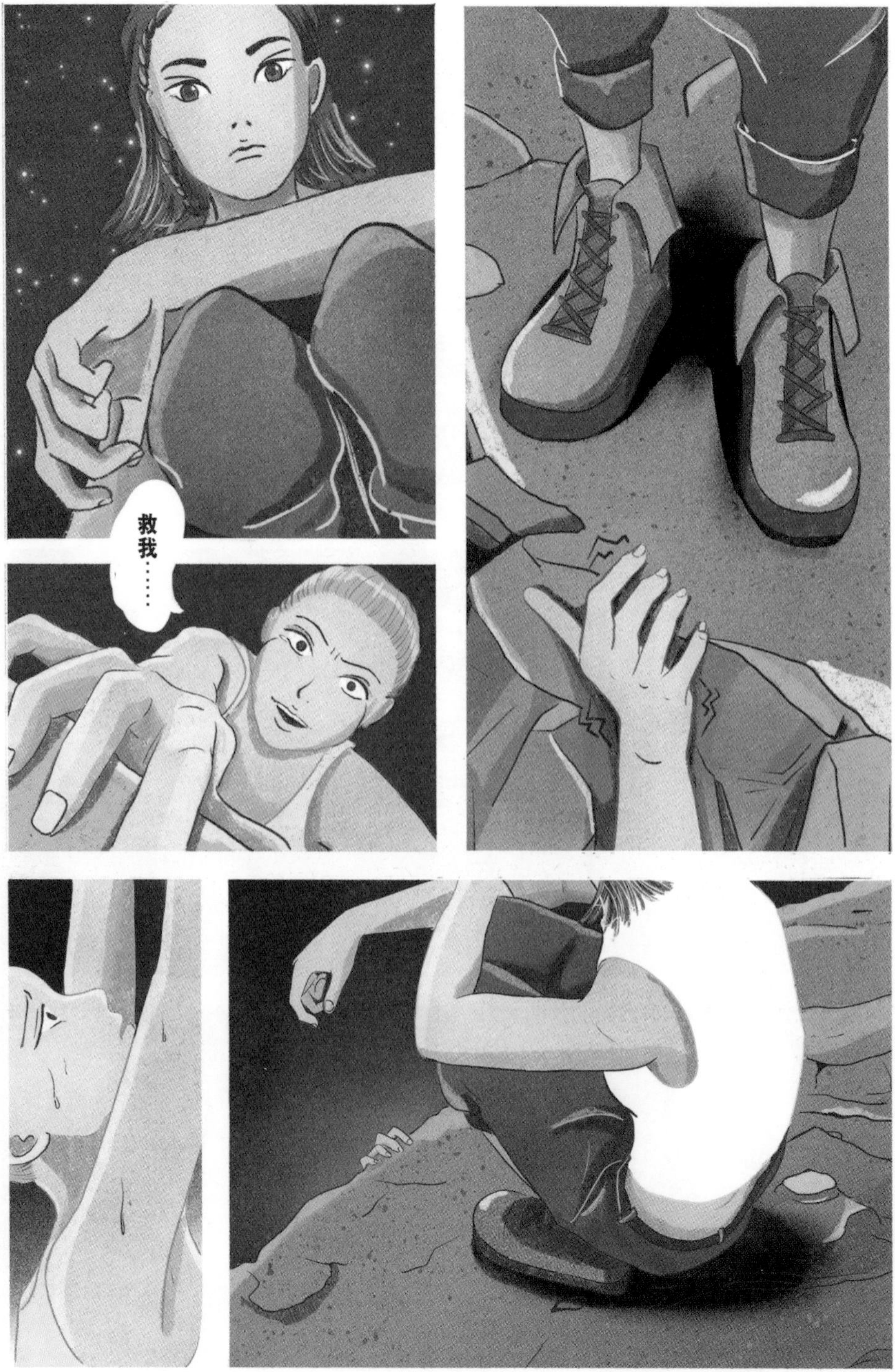
救我……

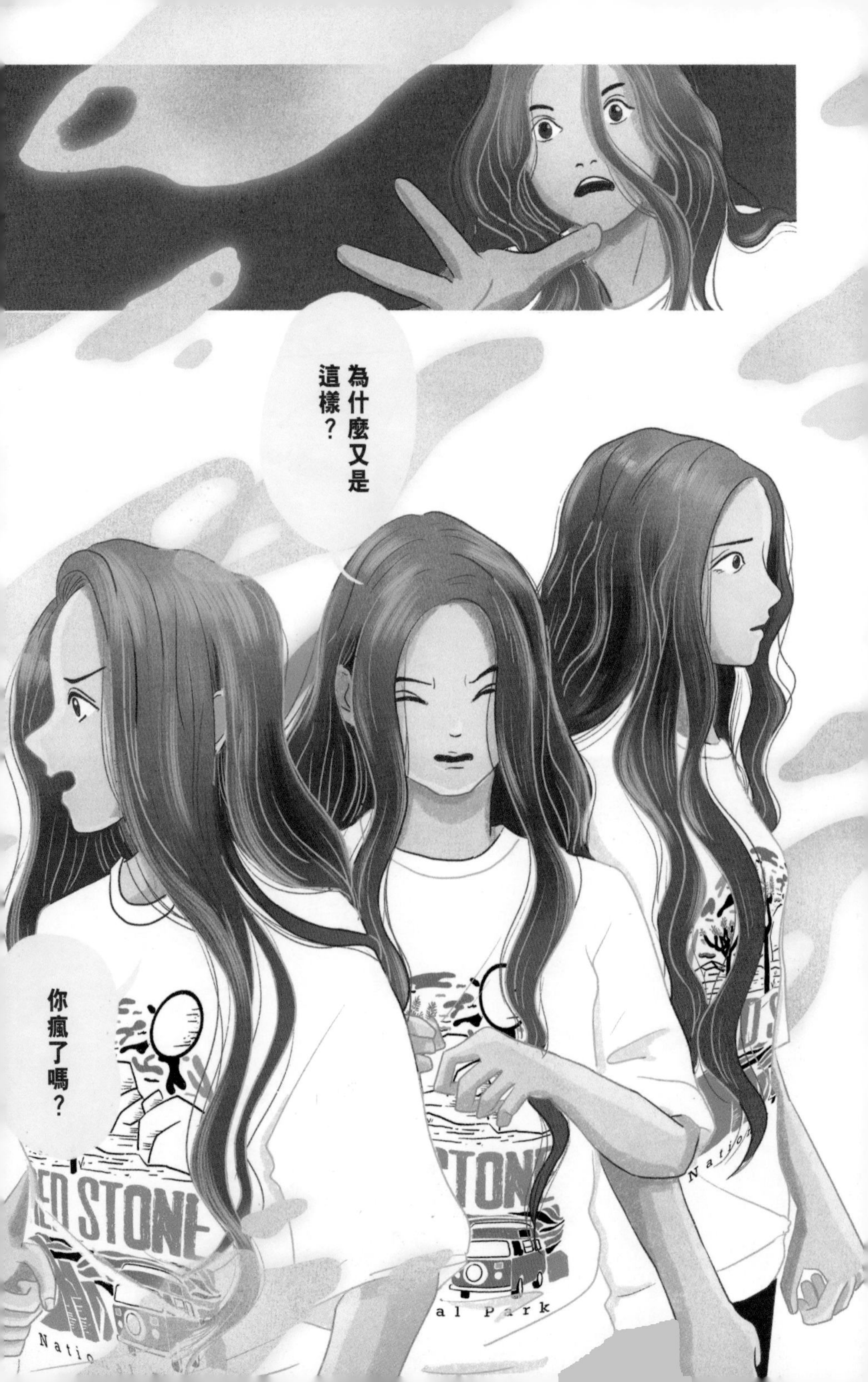
為什麼又是這樣？
你瘋了嗎？

我只是想保護你！
一直以來都是！

最近有什麼印象深刻的人來過嗎？
夏天很少遊客啊。
Open 9-5
三個青少年，
有沒有印象？
哦……你指那個露營車？那些護林員們都在討論……
見鬼了，這個紅石都不知倒什麼楣，不斷死人……
什麼意思？

COFFEE
Beans
跟你說，這個士多上手老闆被發現毒死在浴缸裡，然後他的姪女又失蹤，附近找遍了都沒蹤影，
現在又發生這樣的事，分明是刻意謀殺。
他是德叔，看他最近也心神恍惚的。
那是誰？
Open
9-5

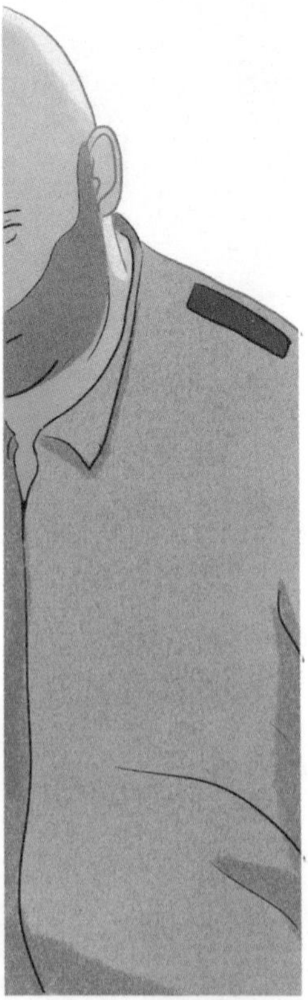

LOST IN RED

Chapter 4

喂！

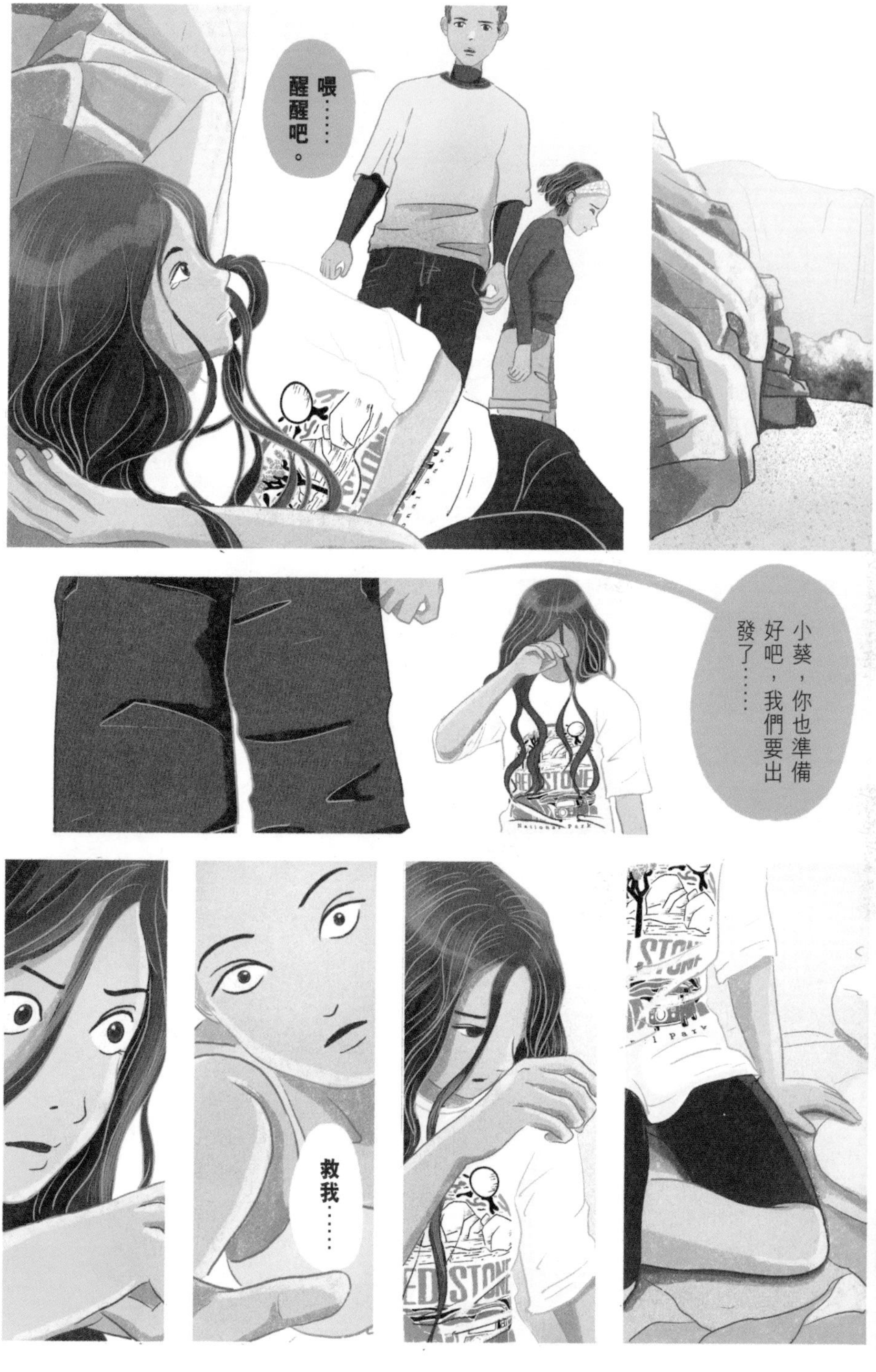
喂……醒醒吧。
小葵，你也準備好吧，我們要出發了……
救我……

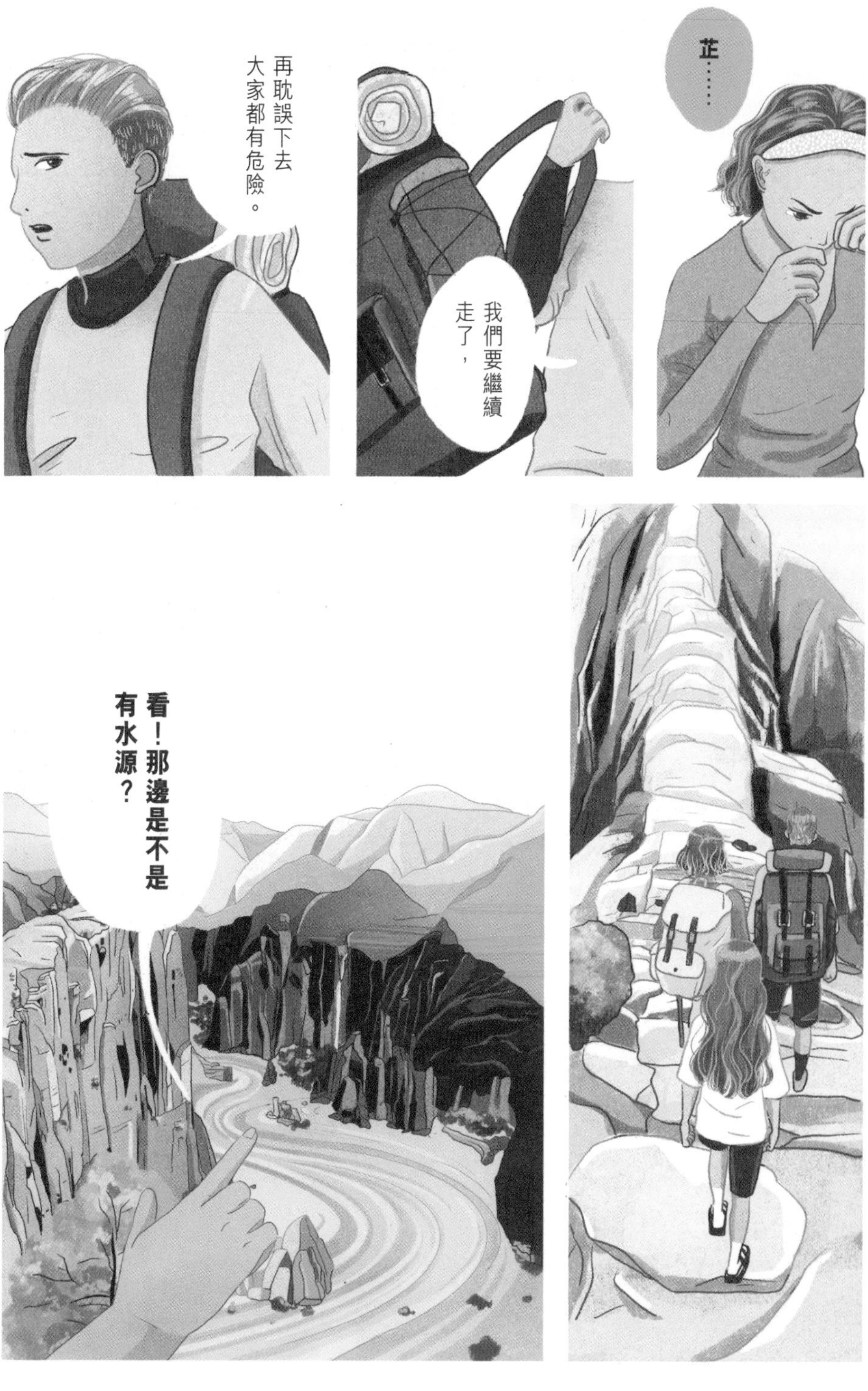

芷……
我們要繼續走了，
再耽誤下去大家都有危險。
看！那邊是不是有水源？

終於到了！

吃！
我到那邊看看。
還滿甜的。

果實有毒！

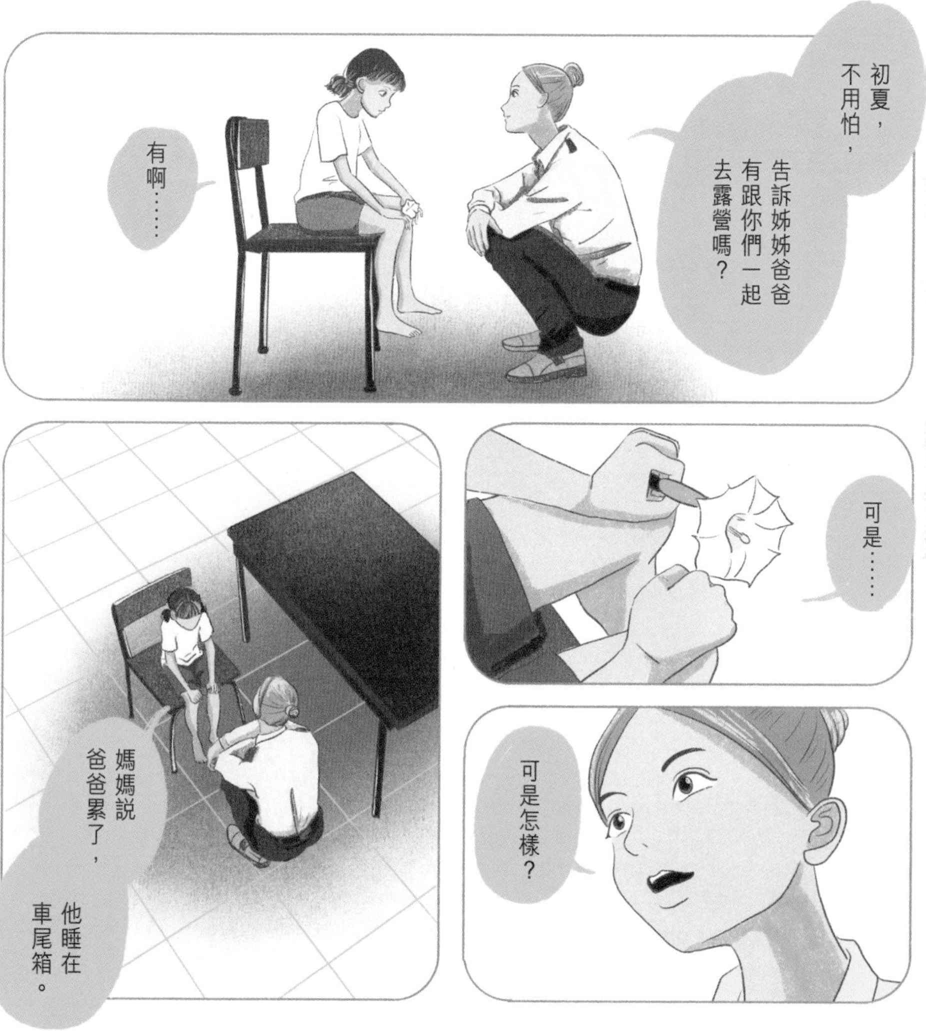

初夏，
不用怕，
告訴姊姊爸爸有跟你們一起去露營嗎？
有啊……
可是……
可是怎樣？
媽媽說爸爸累了，
他睡在車尾箱。

我們回來了，
你在做什麼？
什麼？我還以為可以吃……
花可解毒。
National Park

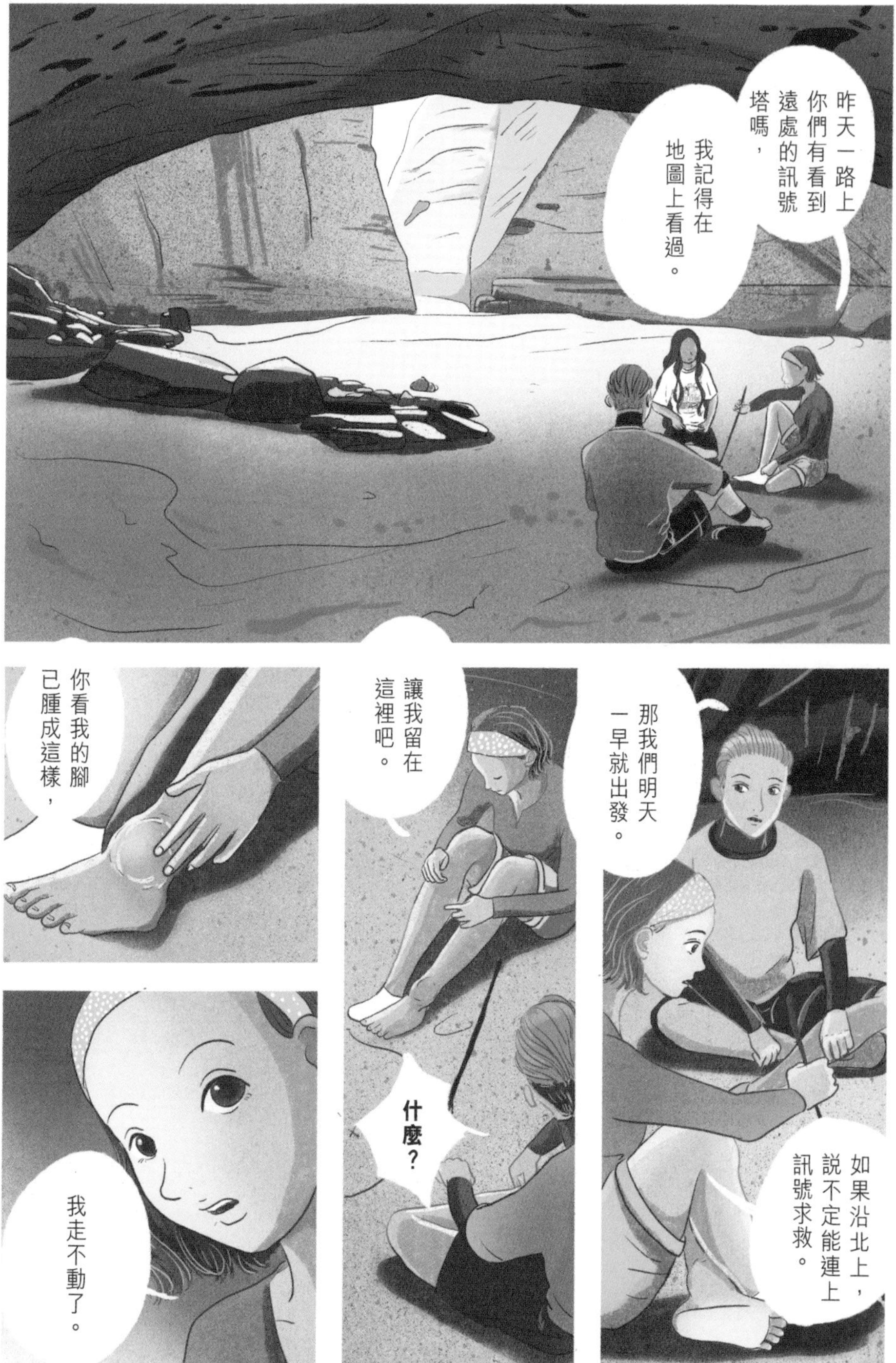
昨天一路上你們有看到遠處的訊號塔嗎，
我記得在地圖上看過。
那我們明天一早就出發。
如果沿北上，說不定能連上訊號求救。
讓我留在這裡吧。
什麼？
你看我的腳已腫成這樣，
我走不動了。

不行！
我不放心！
光曦你聽我說，你們兩個出發去訊號塔，
與外間聯絡再回來救我，這是最好的做法了！
放心吧，這裡有水有食物，
我可以撐下去的！

早點休息吧。
那……

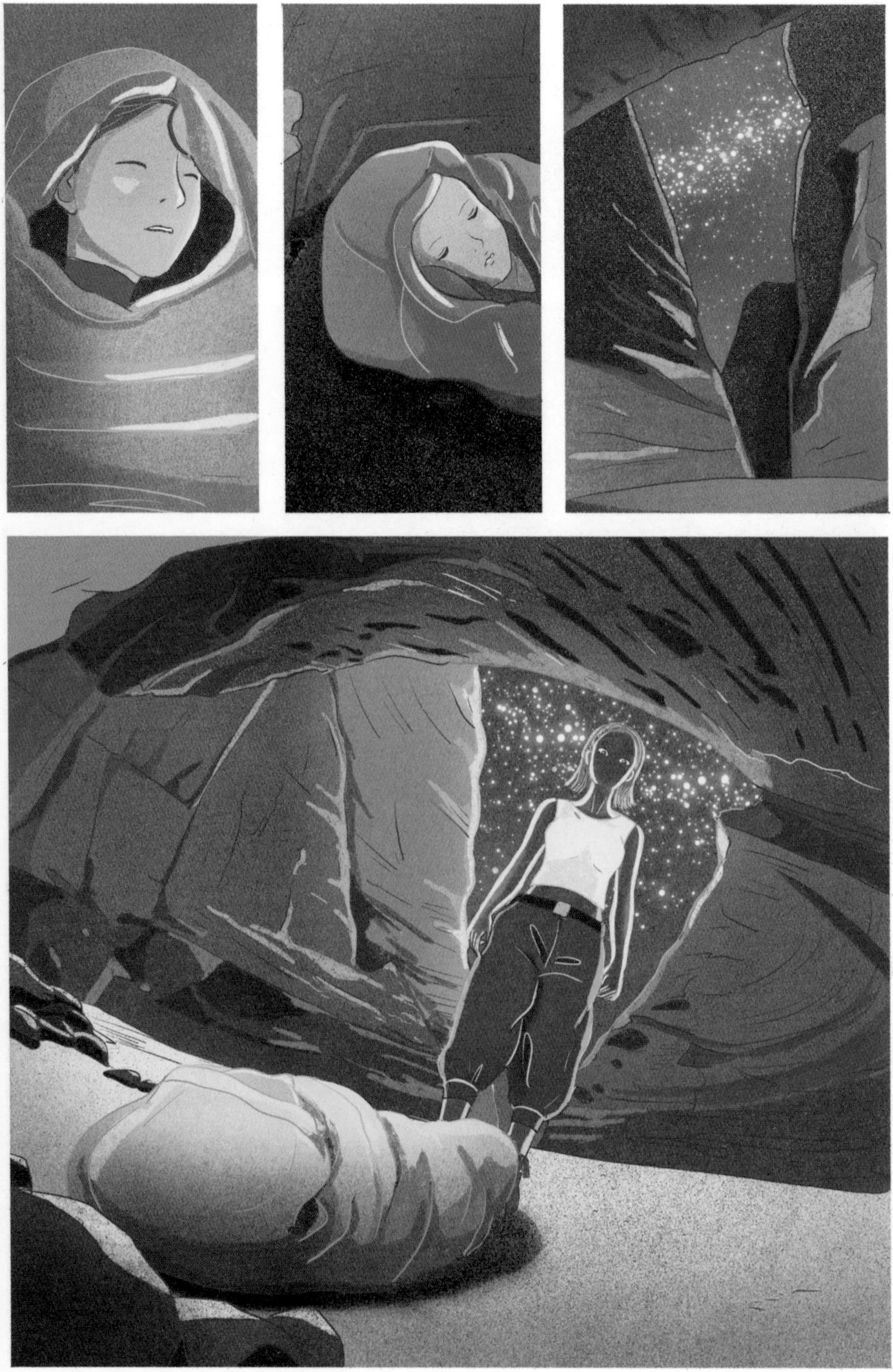

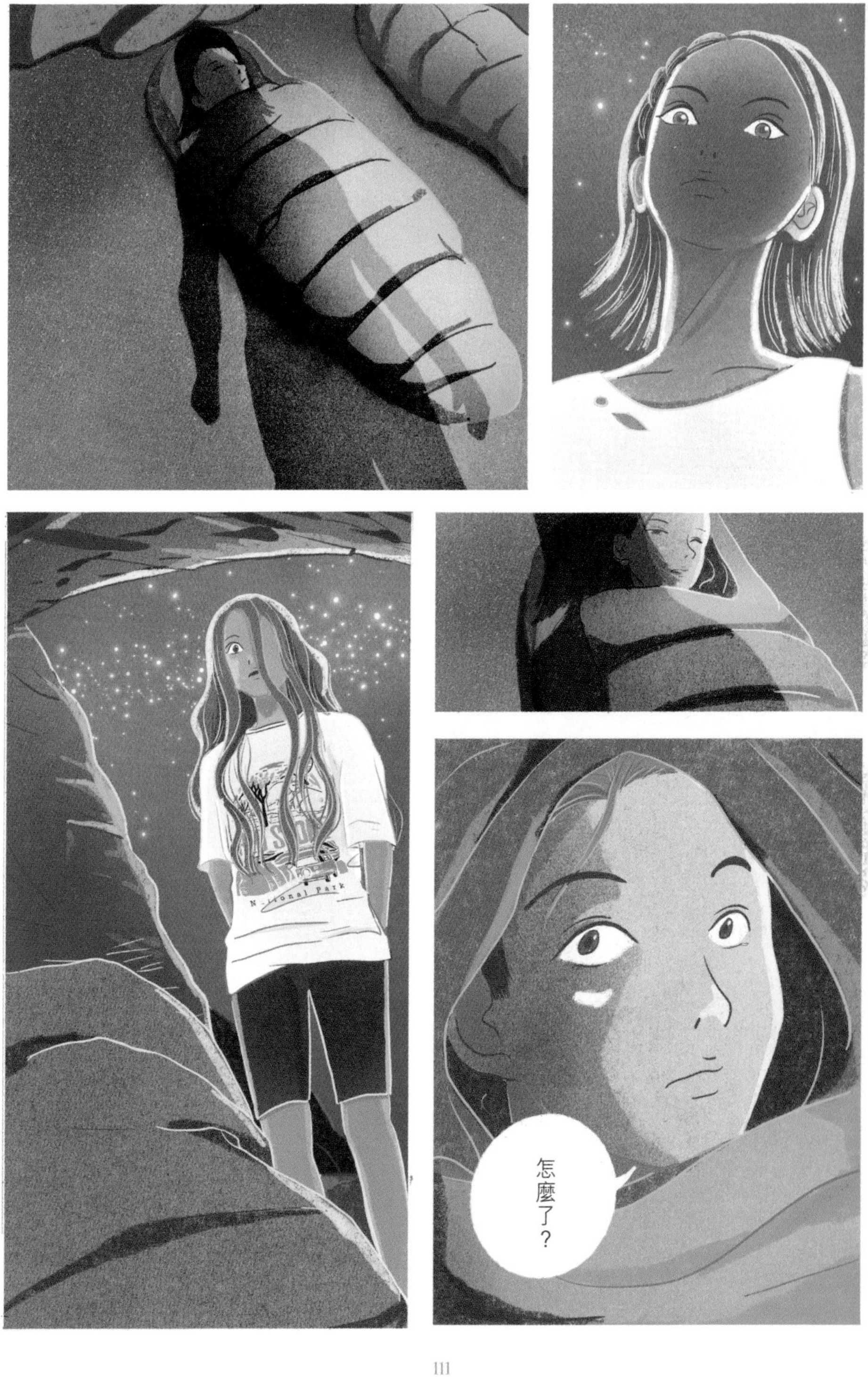
N-tional Park
怎麼了？

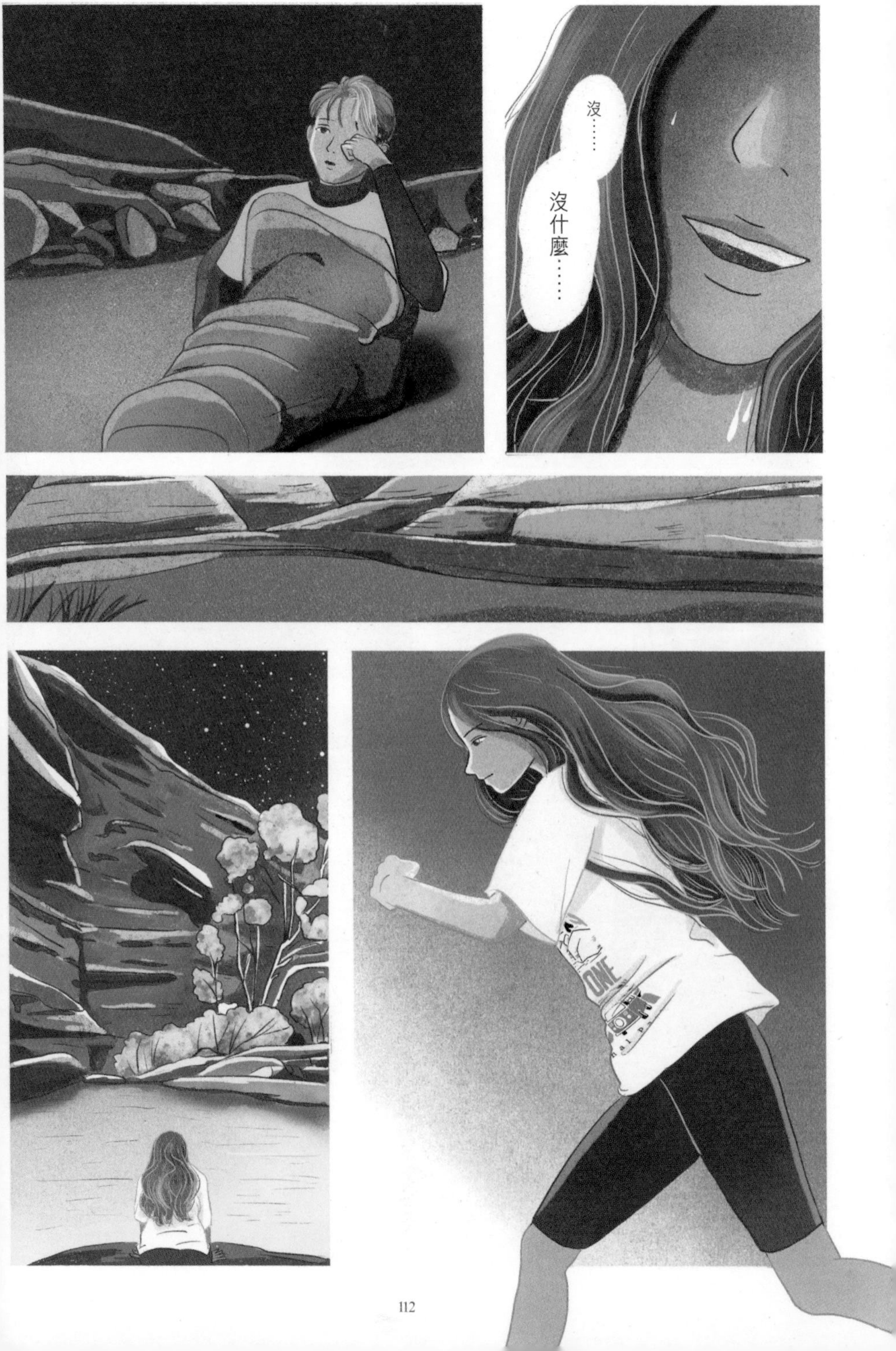
沒……
沒什麼……

丘晨！

你不會真的要跟他們往訊號塔吧?!
我知道你想怎樣……
他們需要我幫助。
你會被發現的！

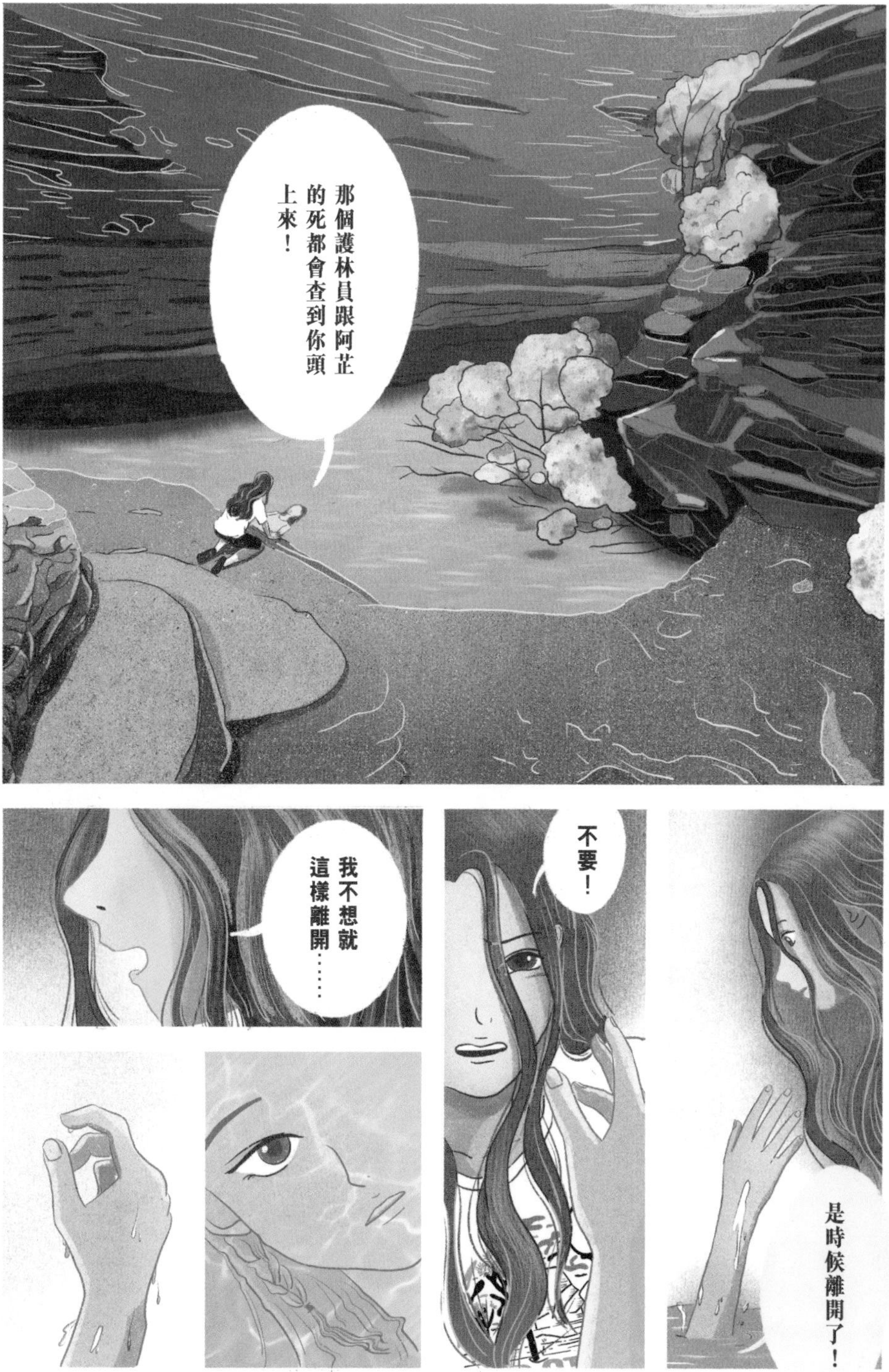
那個護林員跟阿芷的死都會查到你頭上來！
不要！
我不想就這樣離開……
是時候離開了！

丘晨！

你記得媽媽嗎？
她殺了爸爸，這輩子都要被關起來，
我們不能再傷害人了。

不能再傷害人？
當時是你說我並沒有做錯的！

12
9
6

你沒有錯。
我做錯了嗎？

我答應你，
我永遠不會離開你。

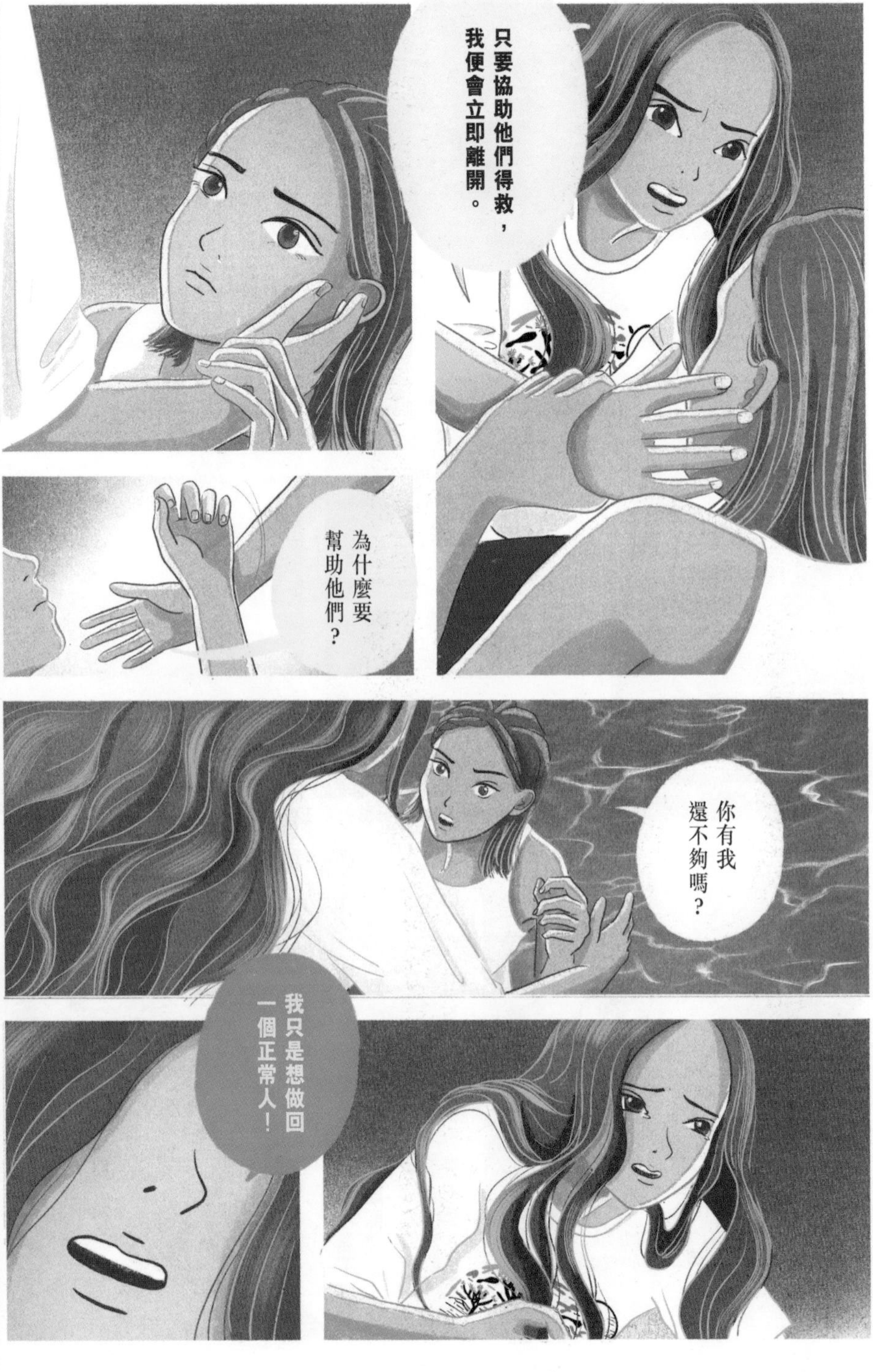
只要協助他們得救，我便會立即離開。
為什麼要幫助他們？
你有我還不夠嗎？
我只是想做回一個正常人！

我明白了。
丘晨……

丘晨……
不要走！

丘晨……

LOST IN RED

Chapter 5

初夏五晨

那我們出發囉，
你自己要小心，我們會成功回來的。
光曦，我早上跟你說的，你要萬事小心。
食物我都留給你了。

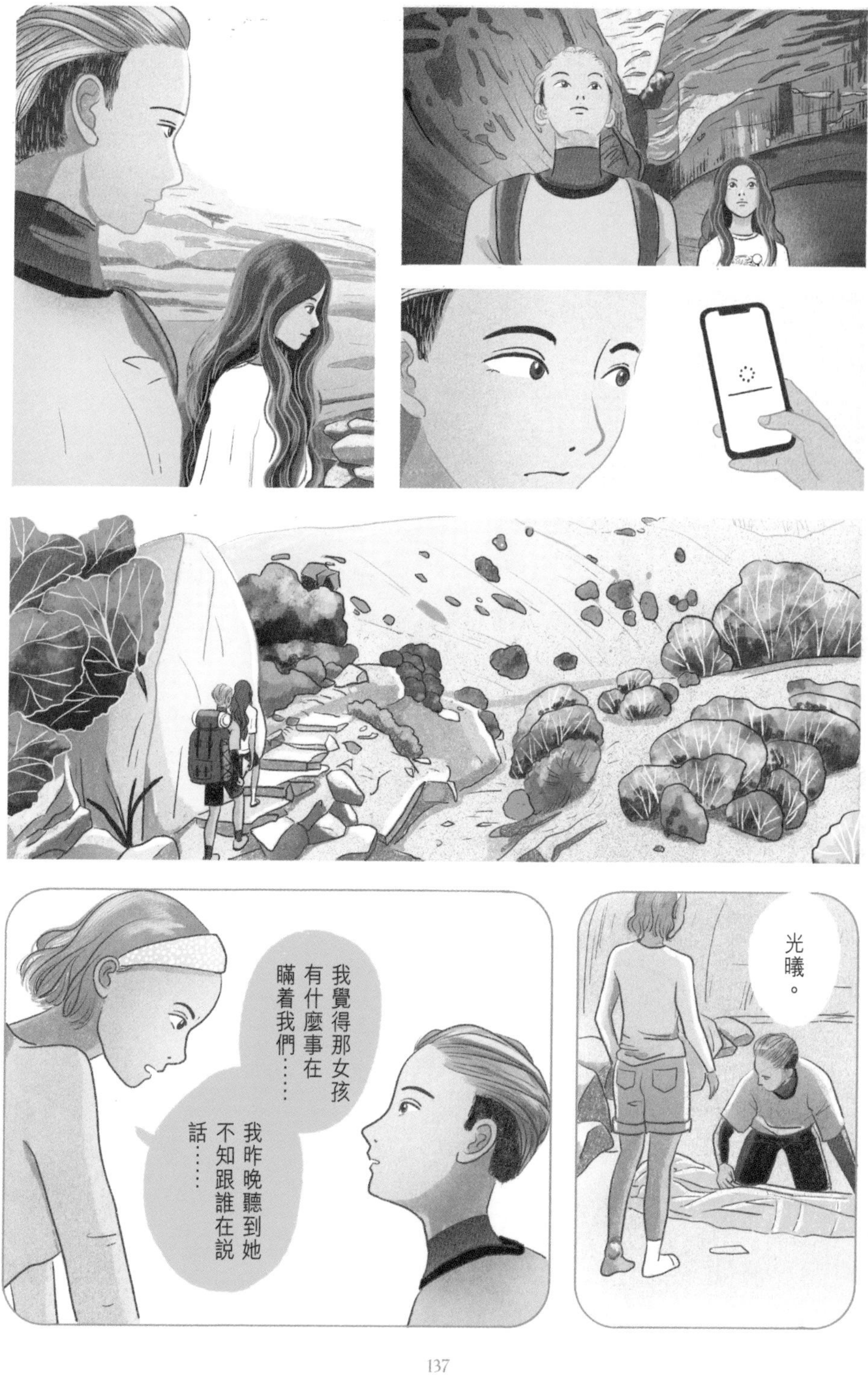
我覺得那女孩有什麼事在瞞着我們……
我昨晚聽到她不知跟誰在說話……
光曦。

這幾天最讓我放鬆的是天上的星星呢。

這段時間謝謝你照顧我們。
要不是你了解這些植物的話，我想我們都要渴死餓死了。
初夏……
什麼？
初夏，我的名字。
初夏嗎？很好聽的名字！

母親取的，
初夏，微微的陽光，溫柔、溫暖……
那你為什麼會在紅石呢？
你是這附近的居民嗎？
家裡有人傷害我，我離家出走。

不過我朋友
帶我逃走，
後來我們吵了
一架，我自己
離開了。
初中時我班上
有一個同學經
常被人欺負，
每天都帶着
新增的傷痕
返校，
我還聽説他被
同學丟到水塘
裡去。

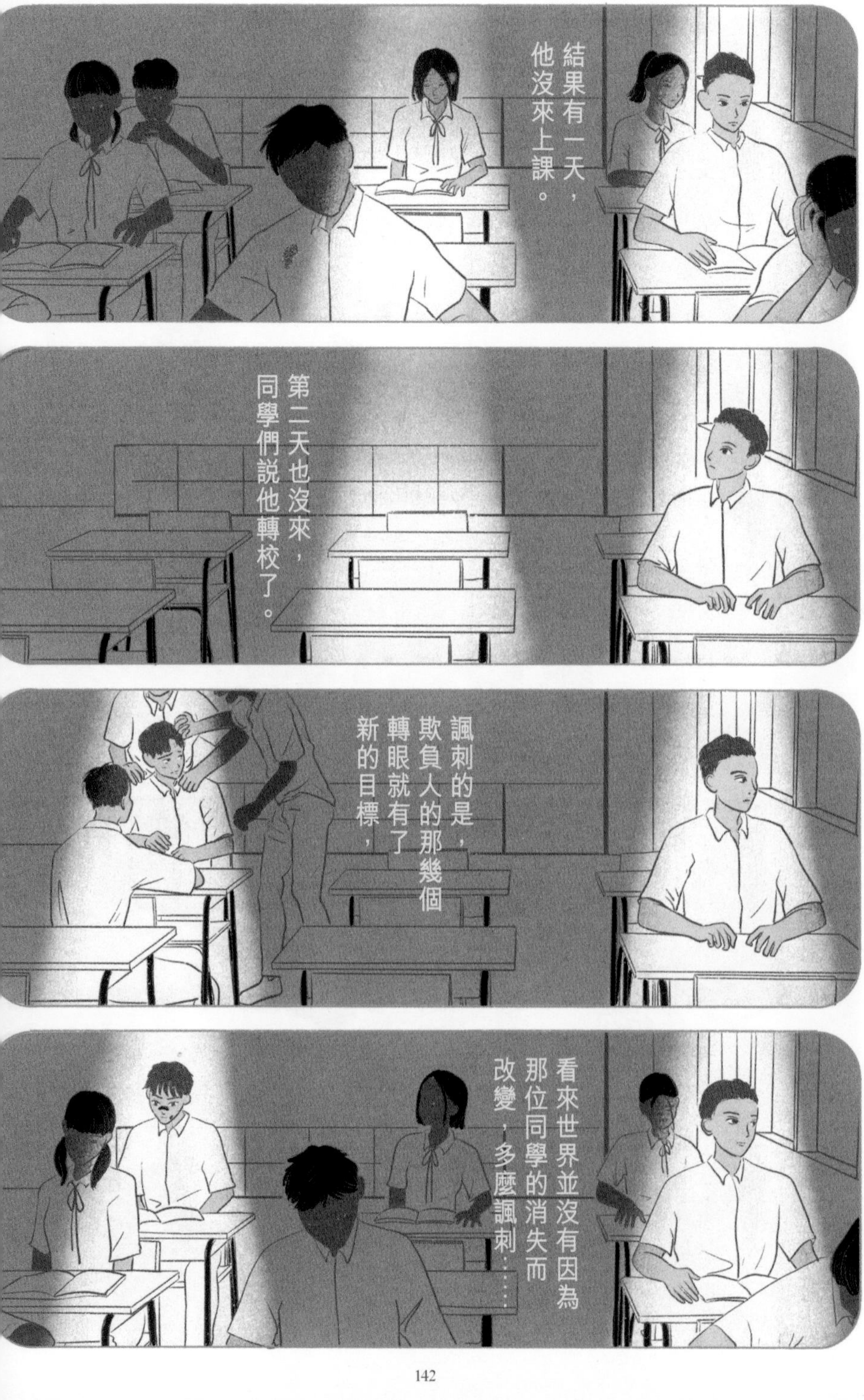
結果有一天，
他沒來上課。
第二天也沒來，
同學們說他轉校了。
諷刺的是，
欺負人的那幾個
轉眼就有了
新的目標，
看來世界並沒有因為
那位同學的消失而
改變，多麼諷刺……

後來我在大學重遇他了，
不知他後來是怎樣過的，
但我想沒人比自己更重視自己吧。

要活得好好的，
來擊垮那些混蛋吧！
對了，你剛提到的朋友，你已重遇他對吧？
小葵說有聽到聲音，

不……
好像叫……
丘晨？

初夏！
初夏！
不是！
不是！

初夏！

嗚……嗚……

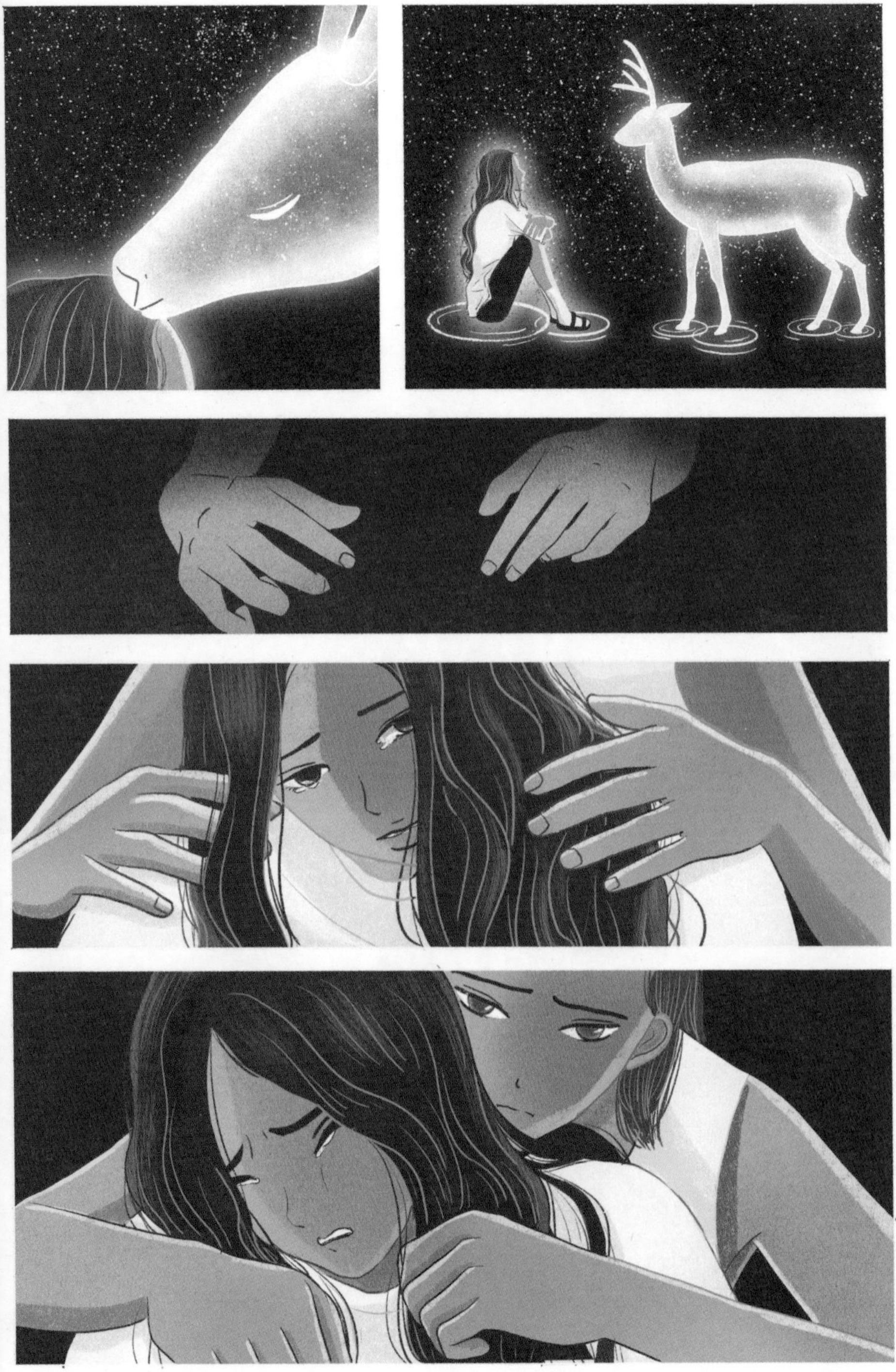

他發現了……
怎麼辦？

不要緊，
我們離開這裡就沒事了。
我在這裡。

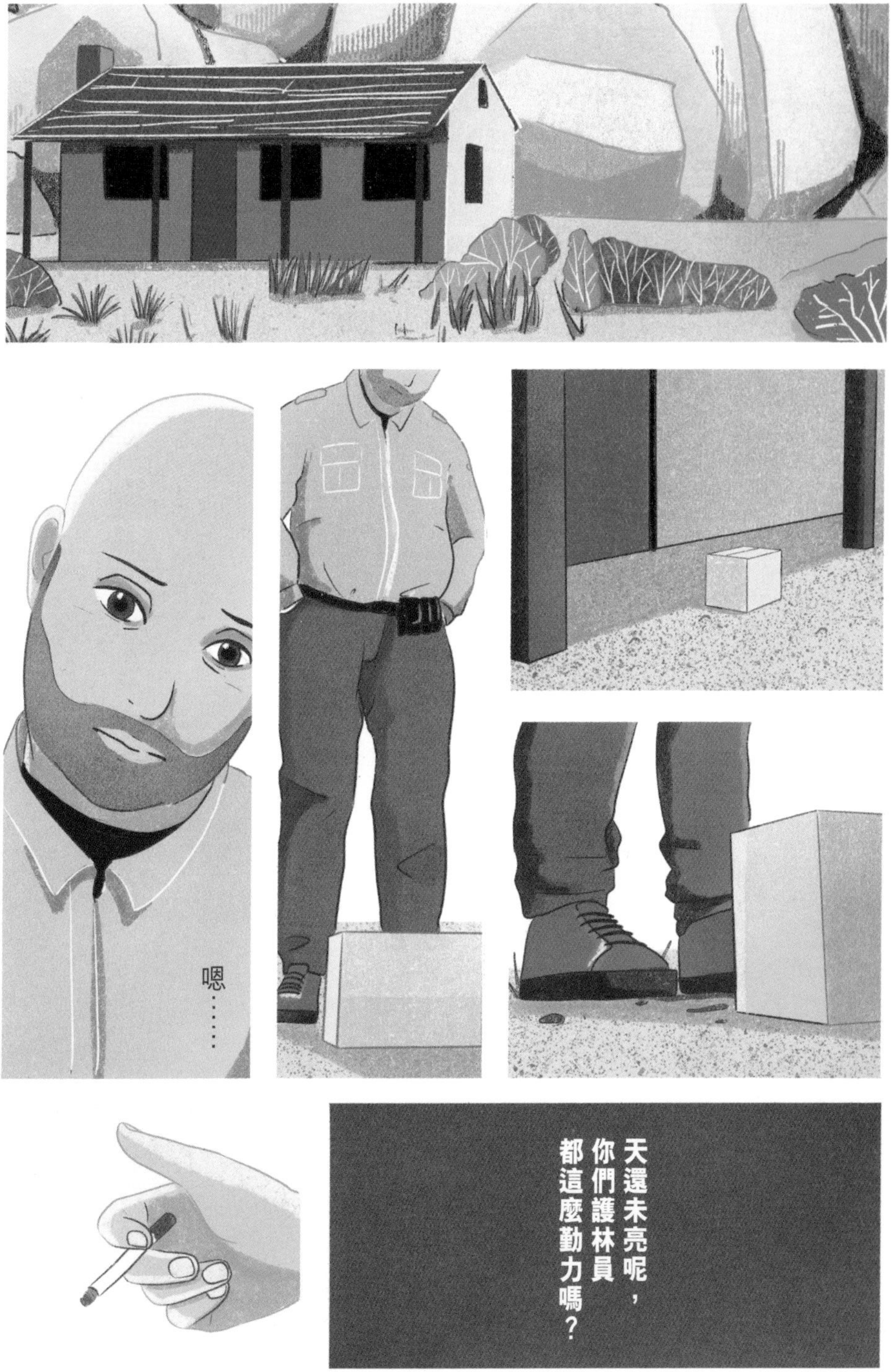
嗯……
天還未亮呢，
你們護林員
都這麼勤力嗎？

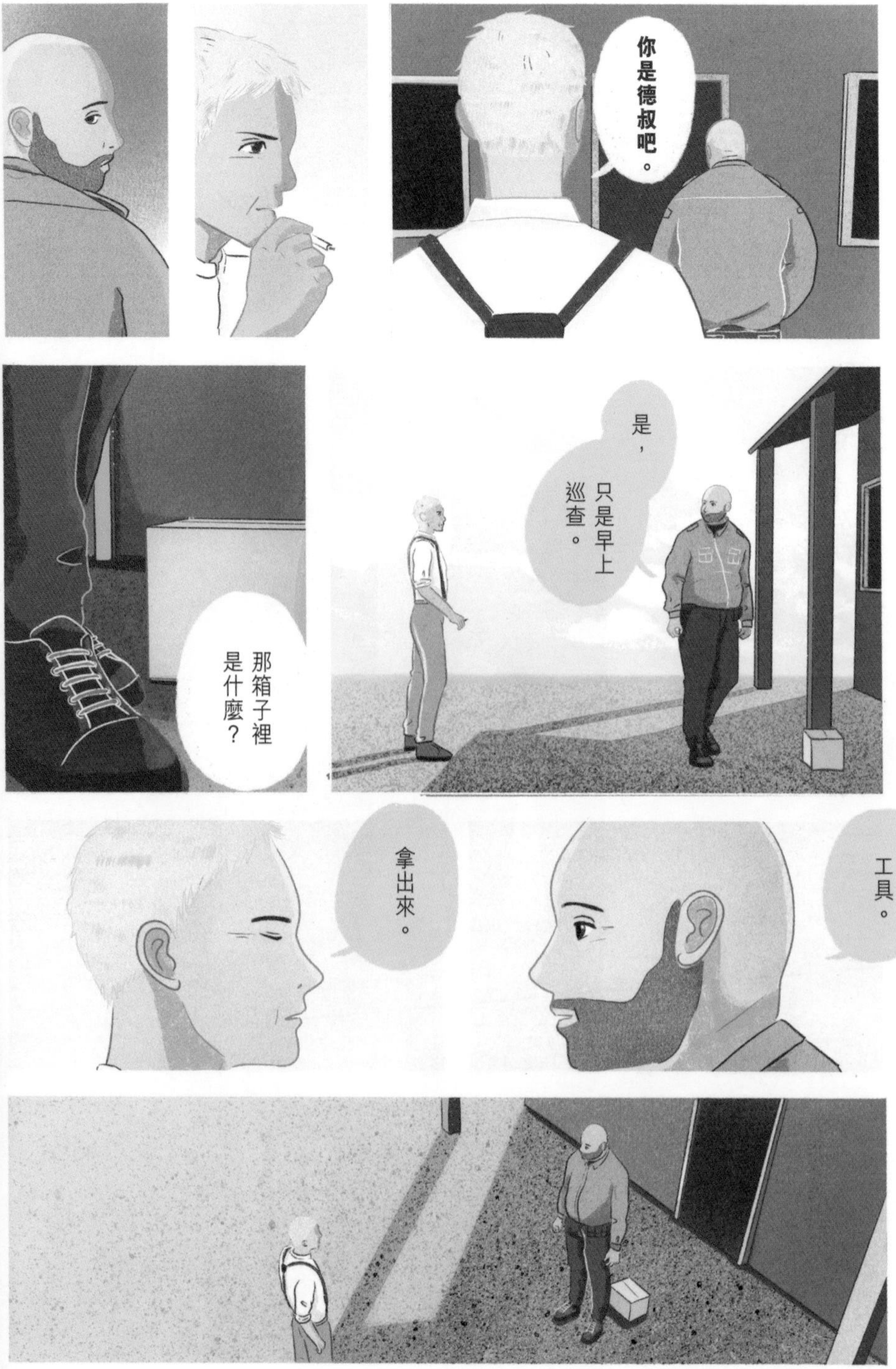
你是德叔吧。
那箱子裡是什麼？
是，只是早上巡查。
拿出來。
工具。

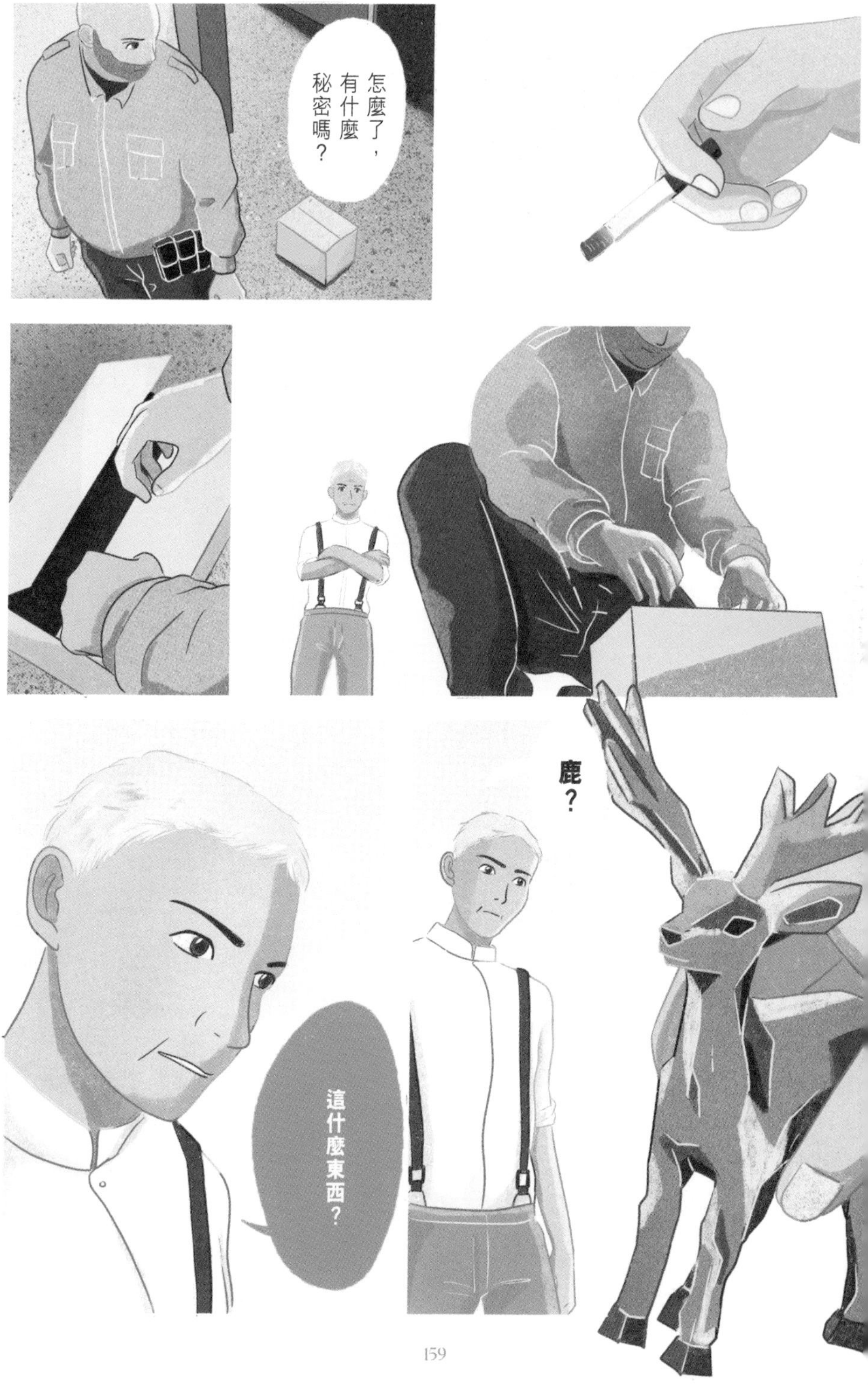
怎麼了，有什麼秘密嗎？
鹿？
這什麼東西？

告訴你，你能夠幫我找回初夏嗎？

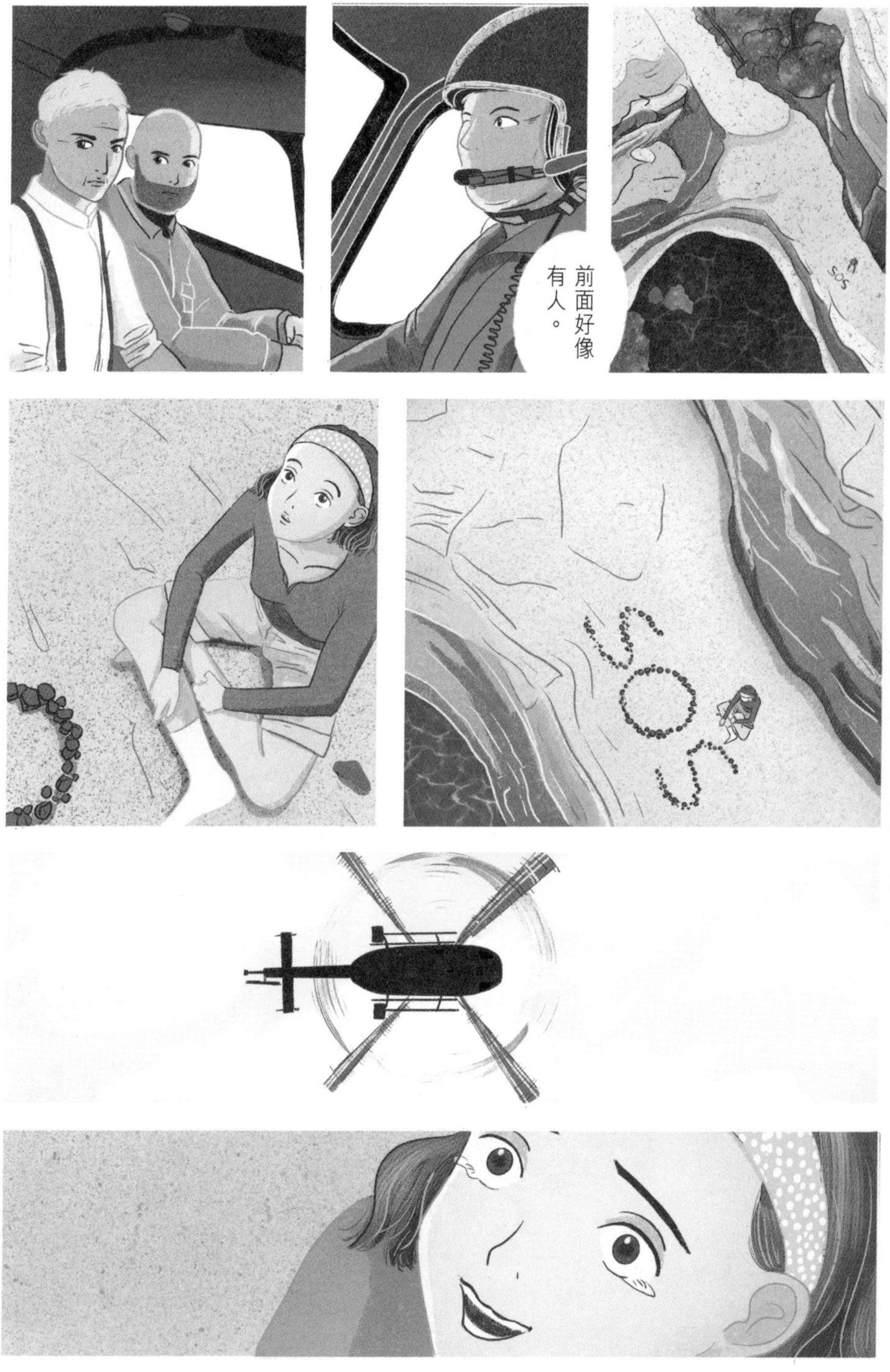
前面好像有人。
SOS
SOS

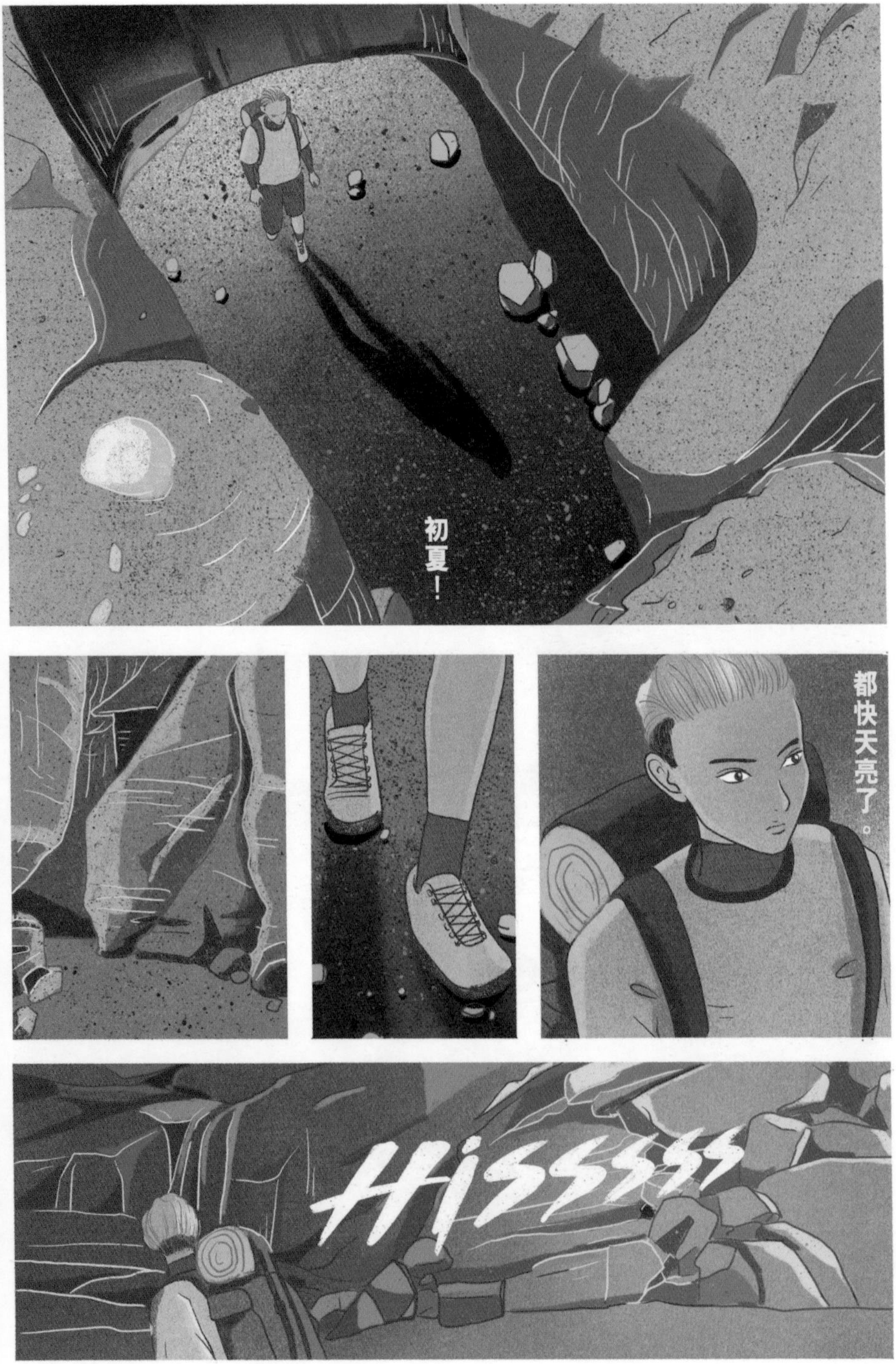

初夏！
都快天亮了。
HISSSSS

BWEE
SQUEAK

……就這樣，
……於是我便獨自留在這裡。
那女的應該就是你說的那個初夏……
那他們現在在哪？
他們一定在往訊號塔的路上。
拜托你們一定要把他們接回來！

初夏！
Wuuu

初夏！
我找你好久……
丘晨？
丘晨！不要！

我們不能讓他離開！
停啊丘晨！
我會曝光！你也會！

丘晨！

丘晨！不可以傷害他！

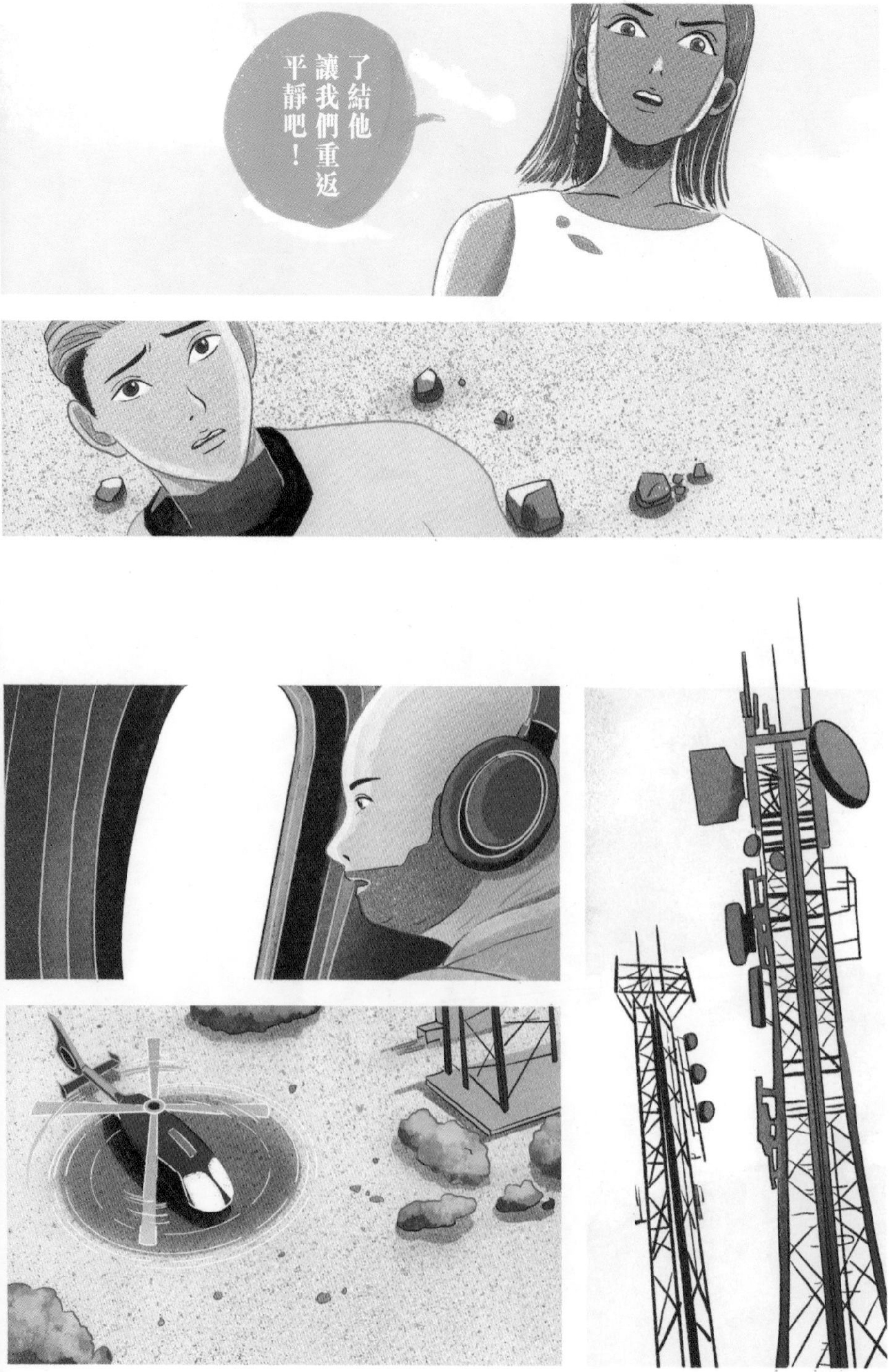
了結他
讓我們重返
平靜吧！

光曦！
初夏！
沒有人……
果然有訊號。

我們離開吧！
可以以後都不用再見到這些人了，好嗎？

!
你變了，
即使我們之前
怎樣爭吵，
你都不會這樣
與我對立，
你還是那個
會躲在角落
哭泣的女孩嗎？

丘晨……
……
也許……
我不想再這樣
躲躲藏藏地
生存了……

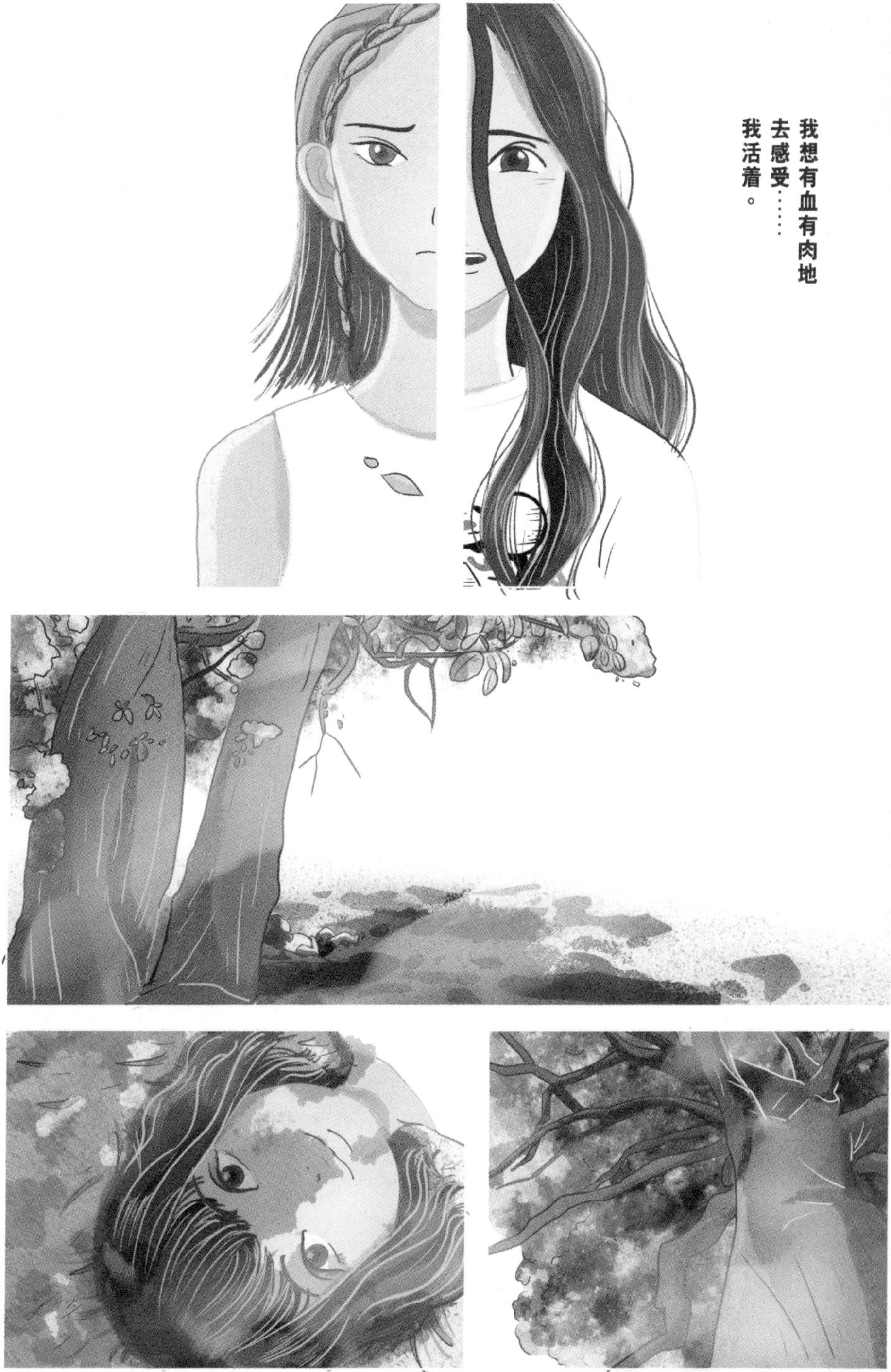
我想有血有肉地
去感受……
我活着。

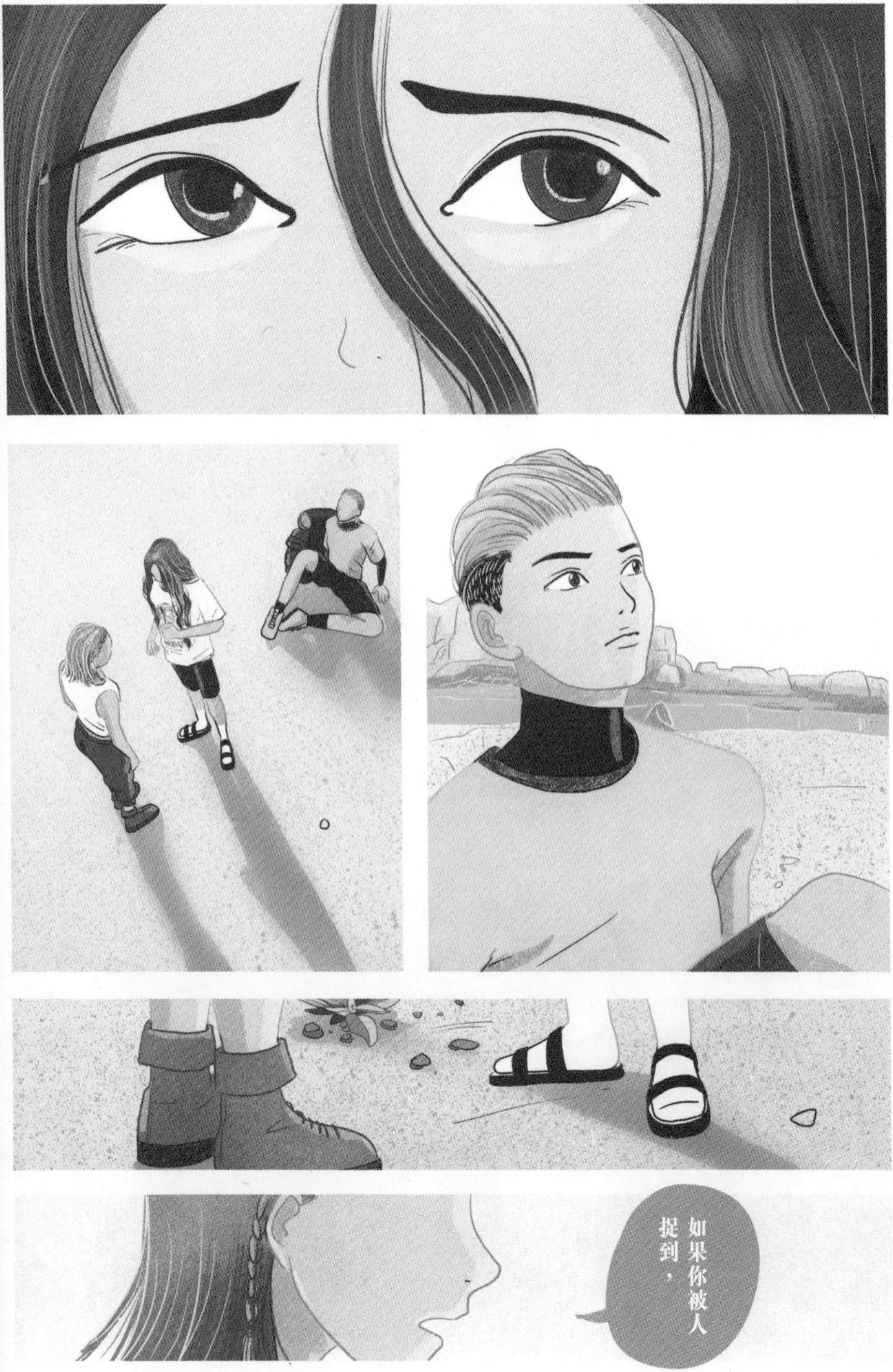
如果你被人捉到，

世人也許會讓我消失……
要是世界要傷害你，我什麼也做不到！
不是的……

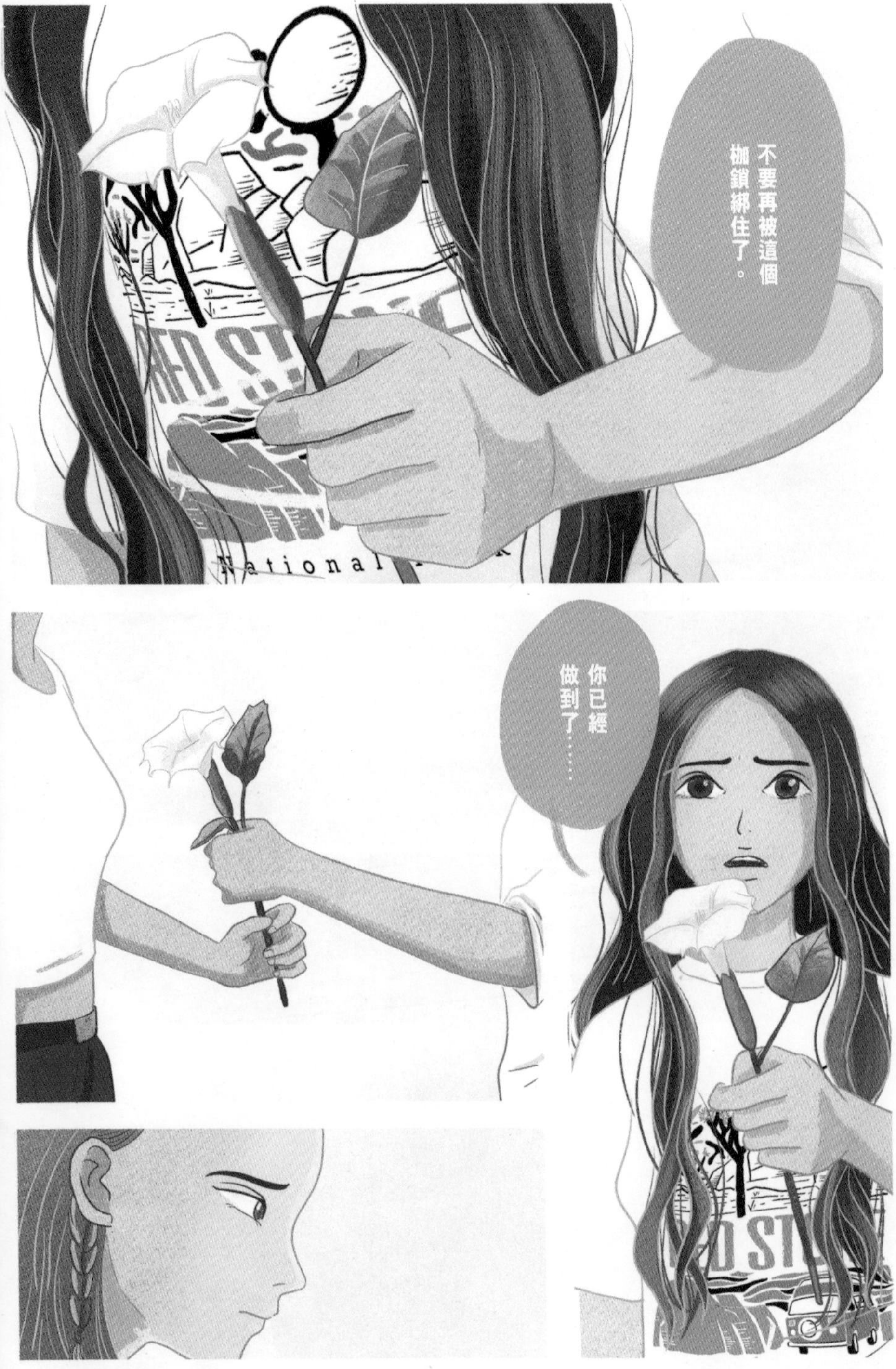
不要再被這個枷鎖綁住了。
你已經做到了……

我不想……
再被隔絕而感受不到任何東西……
我不能說萬事都會好起來因為這是謊言，
但我們一起嘗試……好嗎？

RRRRR

N

救命……
丘晨，不要！
National Park

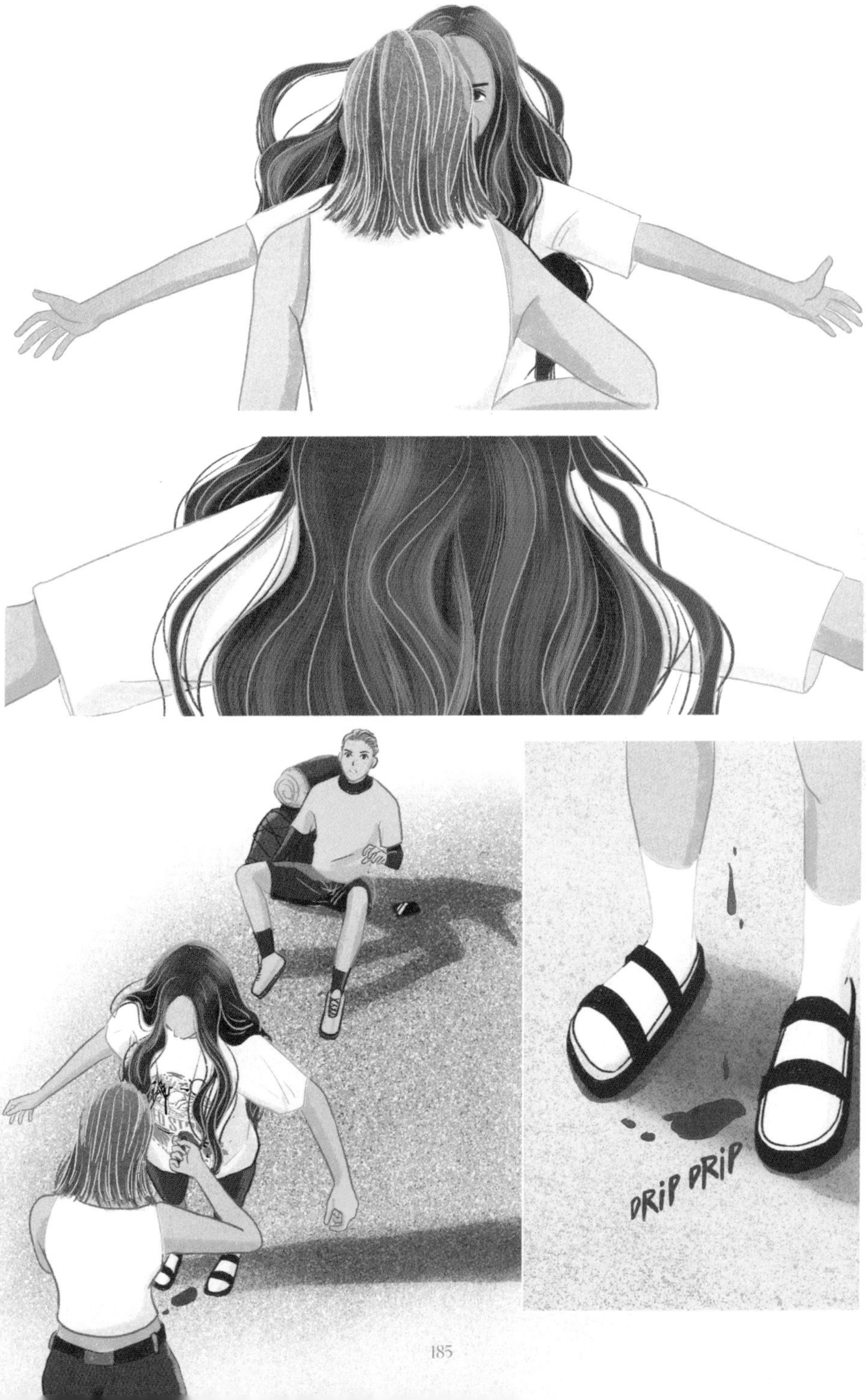
DRIP DRIP

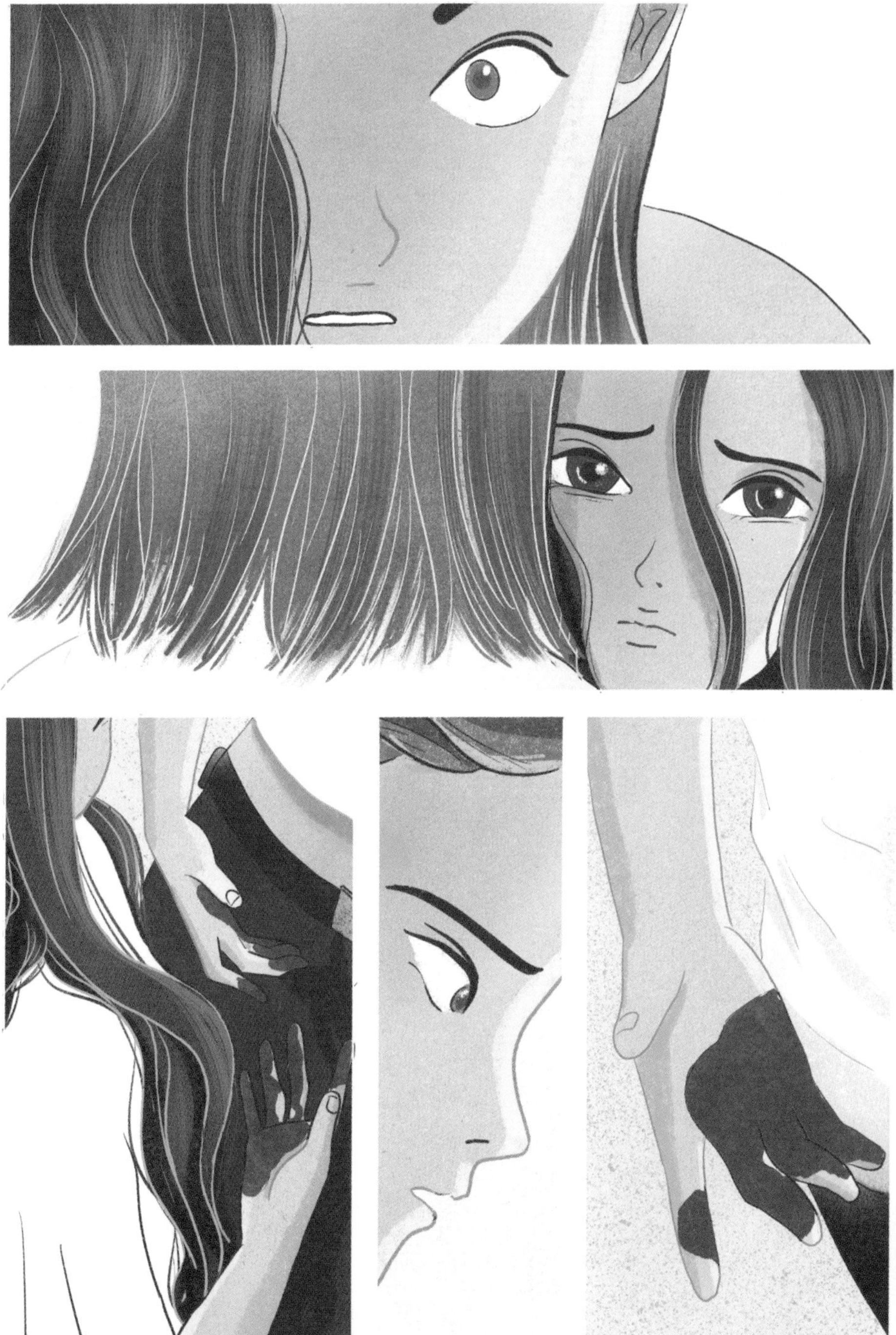

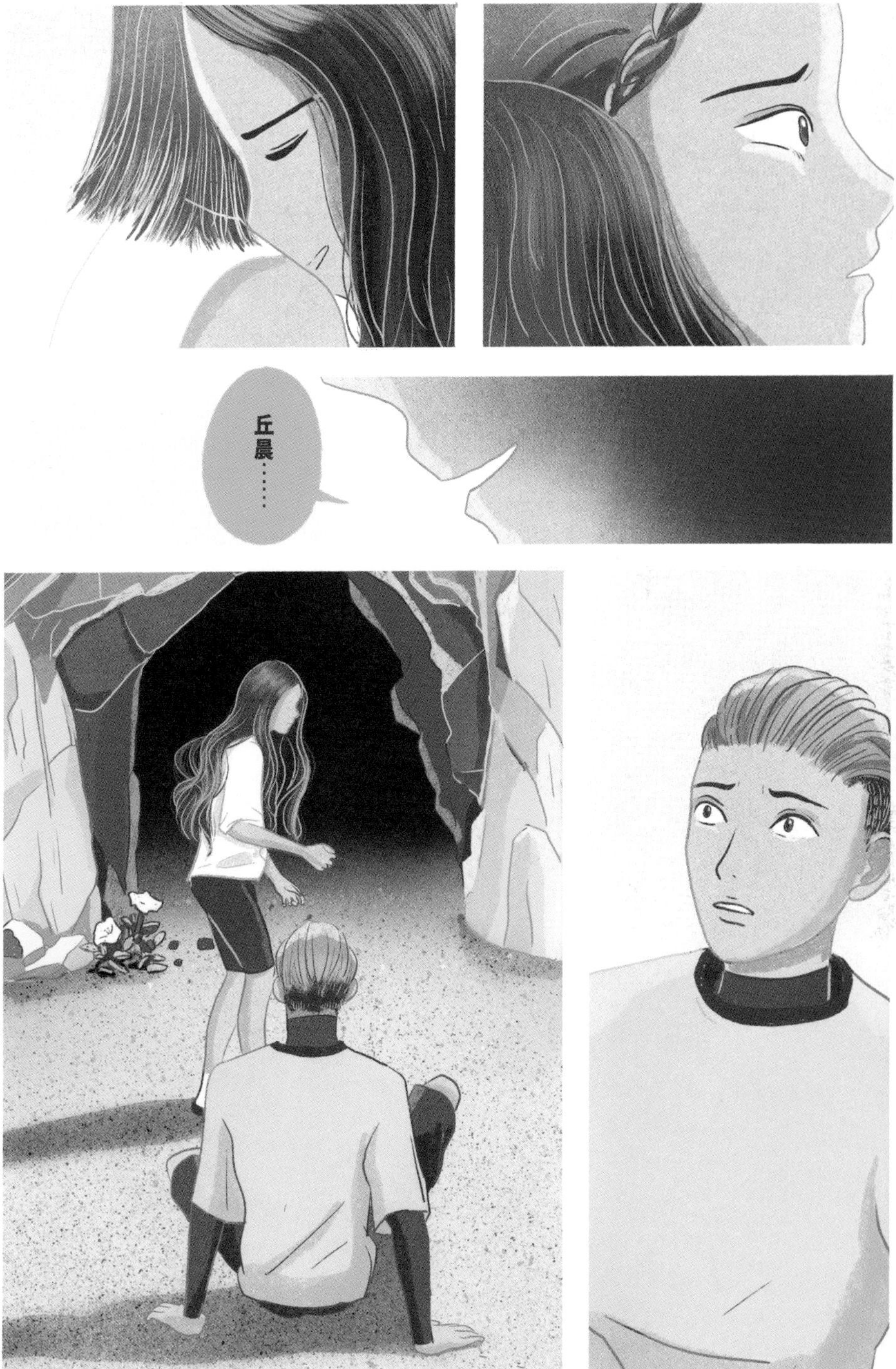
丘晨……

丘晨……

我又做奇怪的夢了……

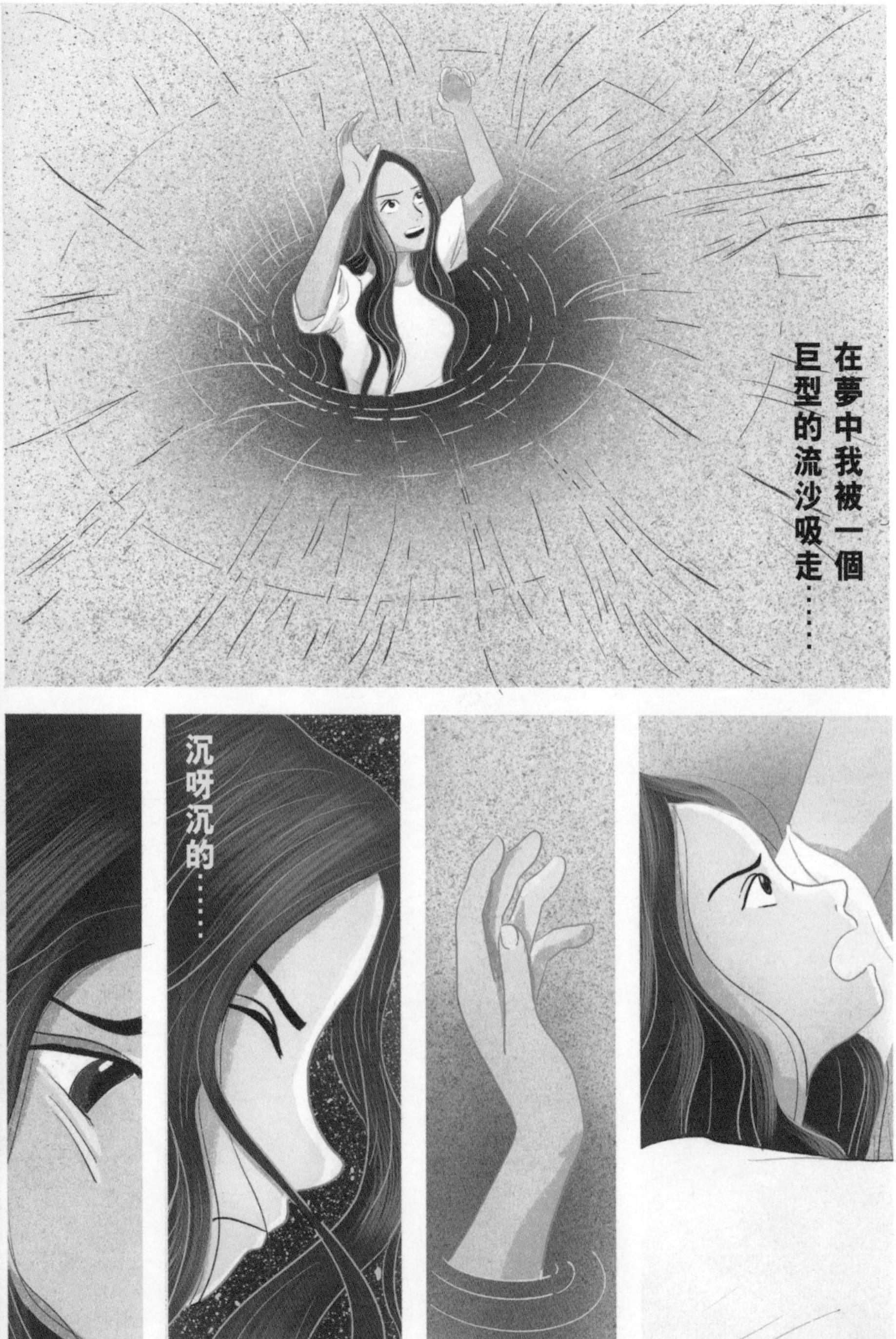
在夢中我被一個
巨型的流沙吸走……
沉呀沉的……

當我被吸入
漩渦裡去，
原來
你也在。
我們在流沙星海
飛起來了！
你是多麼自由地
飛翔啊！

可是初夏，
我要的根本不是自由……
你這個笨蛋……

L O S T
I *Chapter 6* N
R E D

初夏丘晨

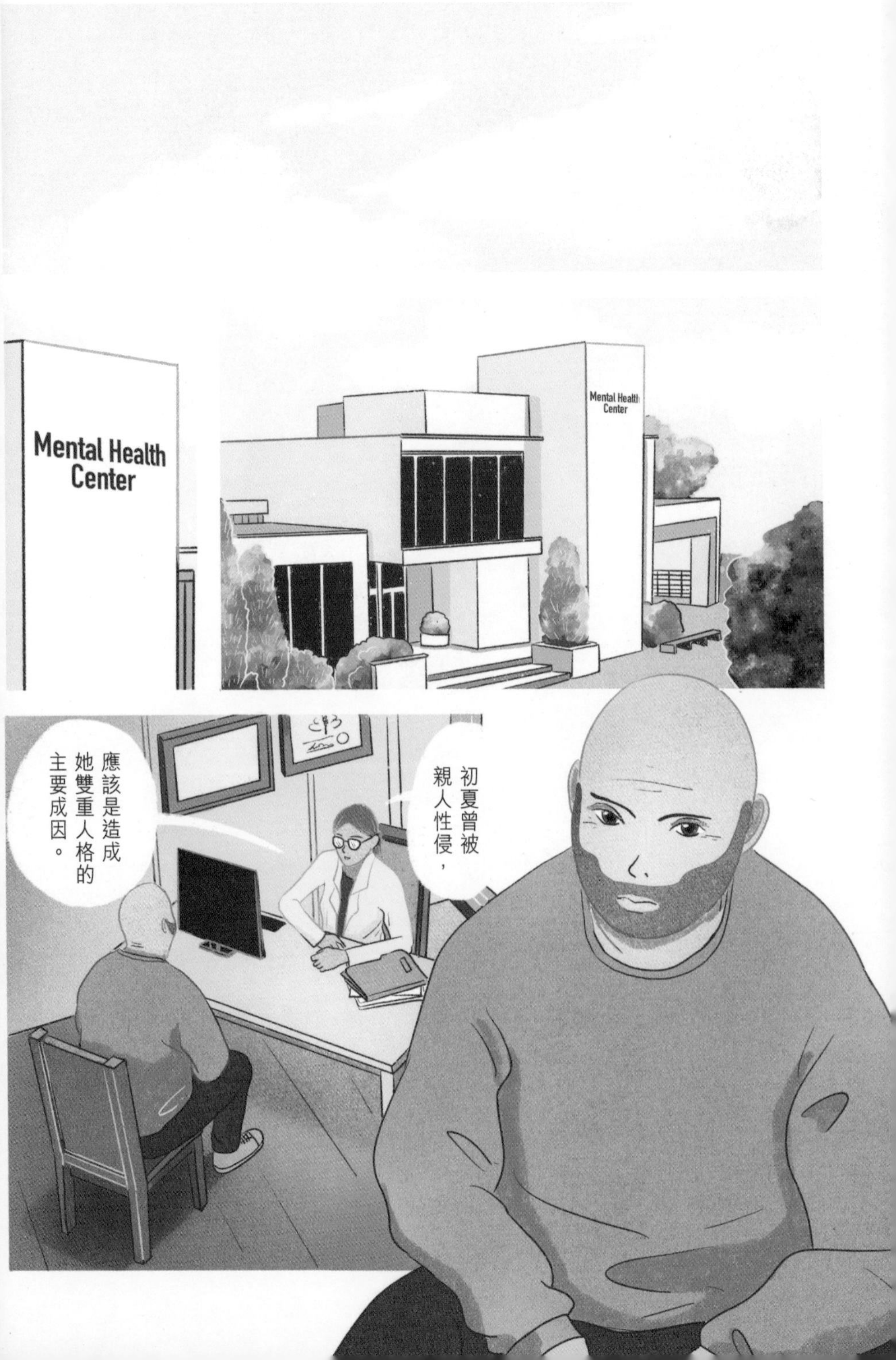
Mental Health Center
Mental Health Center
初夏曾被親人性侵，
應該是造成她雙重人格的主要成因。

雖然你現在是初夏的監護人，
但初夏暫時會由我們這裏看管。
放心，對於發生了的事，
我們會為她爭取最大的權益。

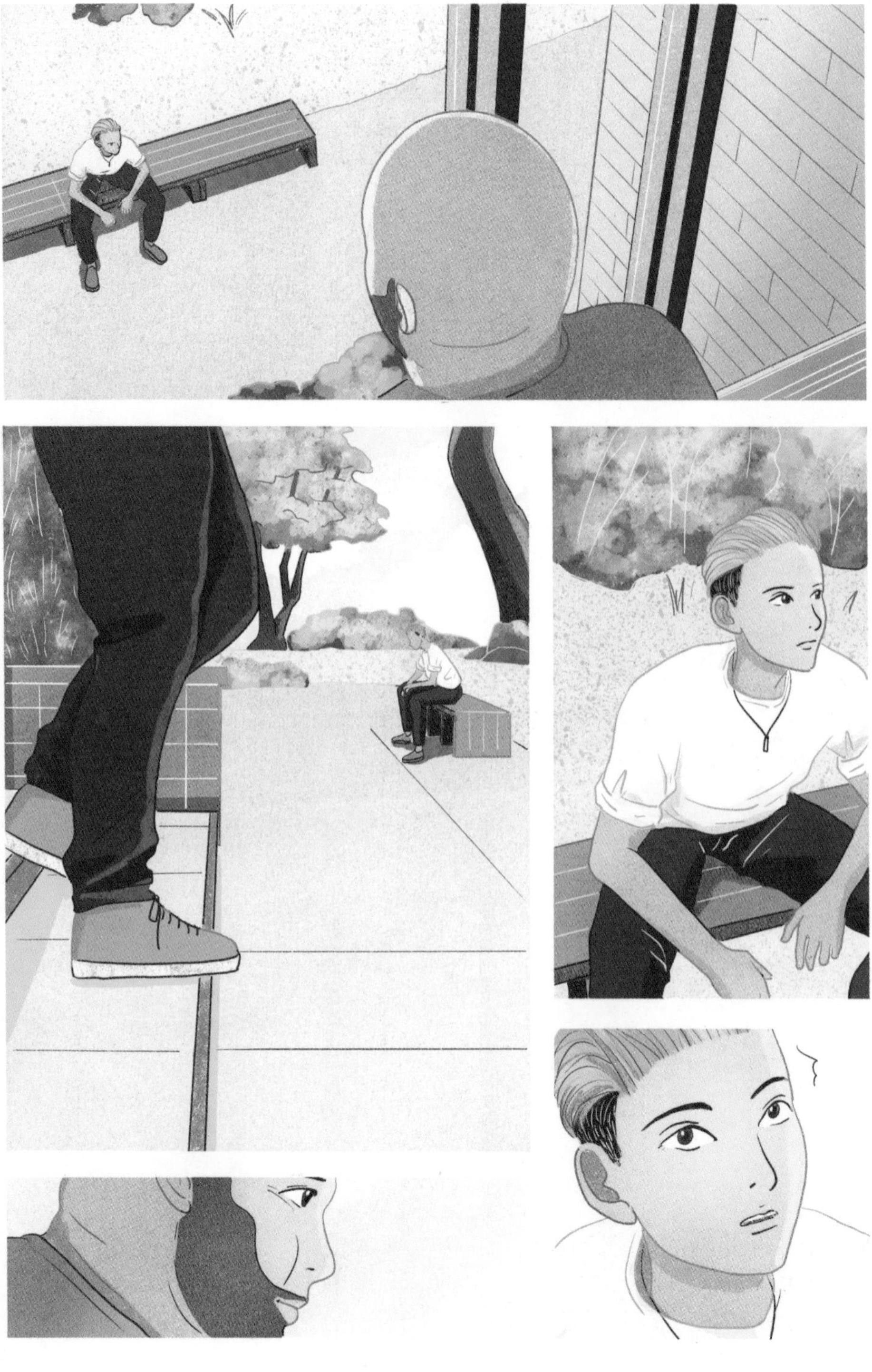

你是當天那個小伙子吧。
沒想到你會來。
嗯……聽說她醒來了。
她怎麼了？
還好吧，沒有生命危險。

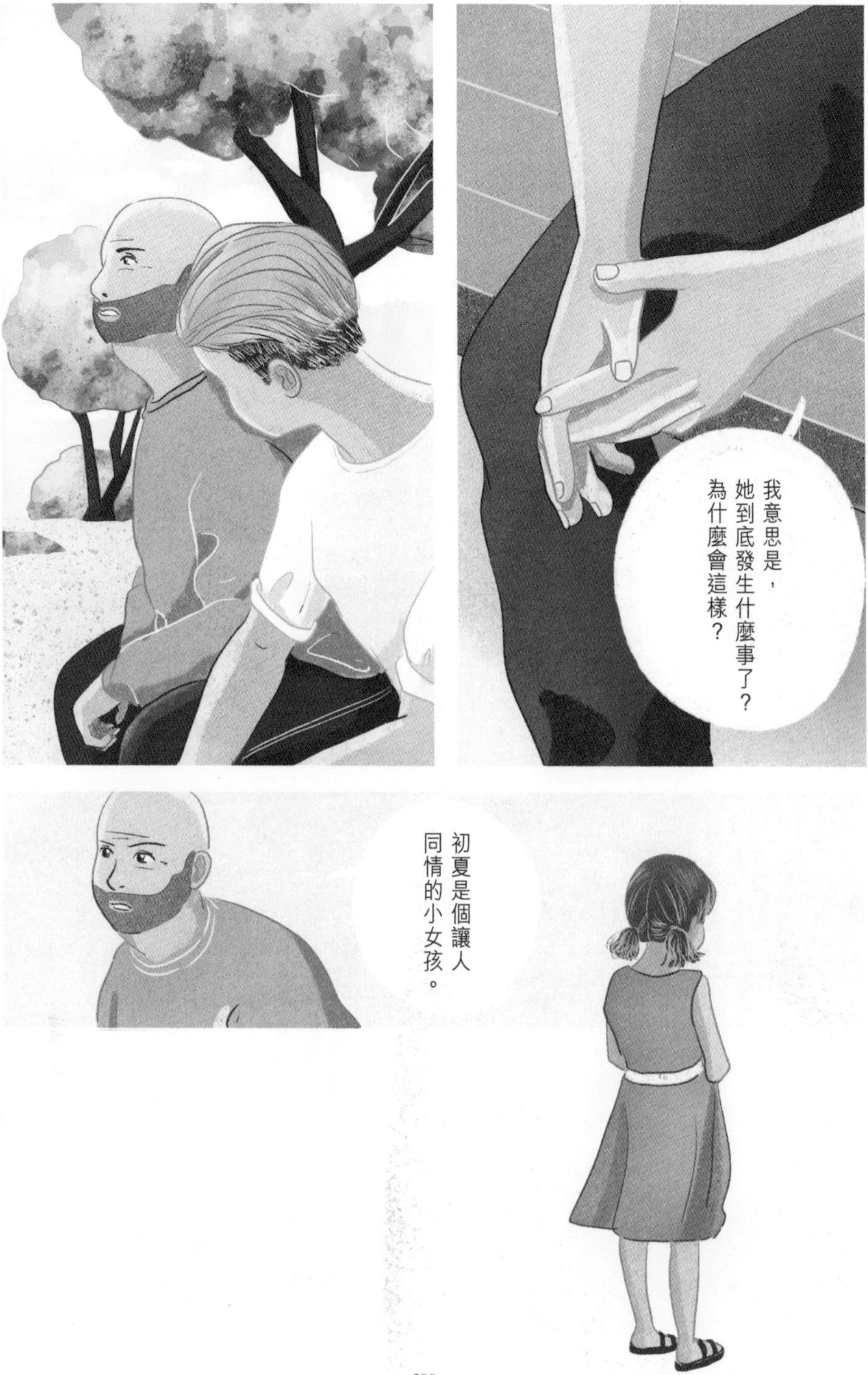
我意思是，
她到底發生什麼事了？
為什麼會這樣？
初夏是個讓人
同情的小女孩。

初夏因為缺乏父母
照顧而被送往紅石
親人的家。
我認識初夏的伯父，
是紅石士多的老闆，
所以對她的事
也略知一二。
初夏剛來到紅石時
沒有朋友，
也很少
與別人説話，

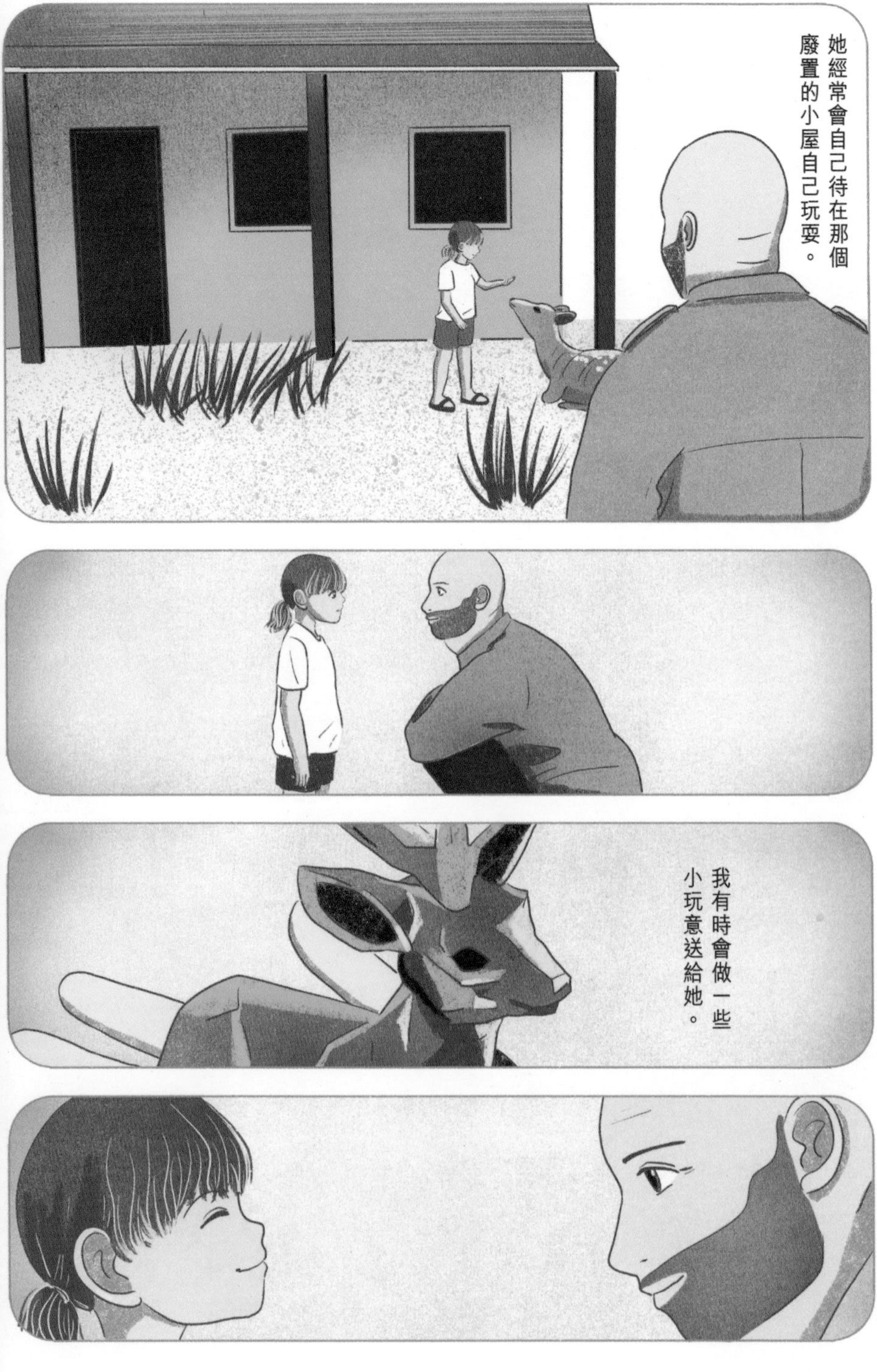
她經常會自己待在那個廢置的小屋自己玩耍。
我有時會做一些小玩意送給她。

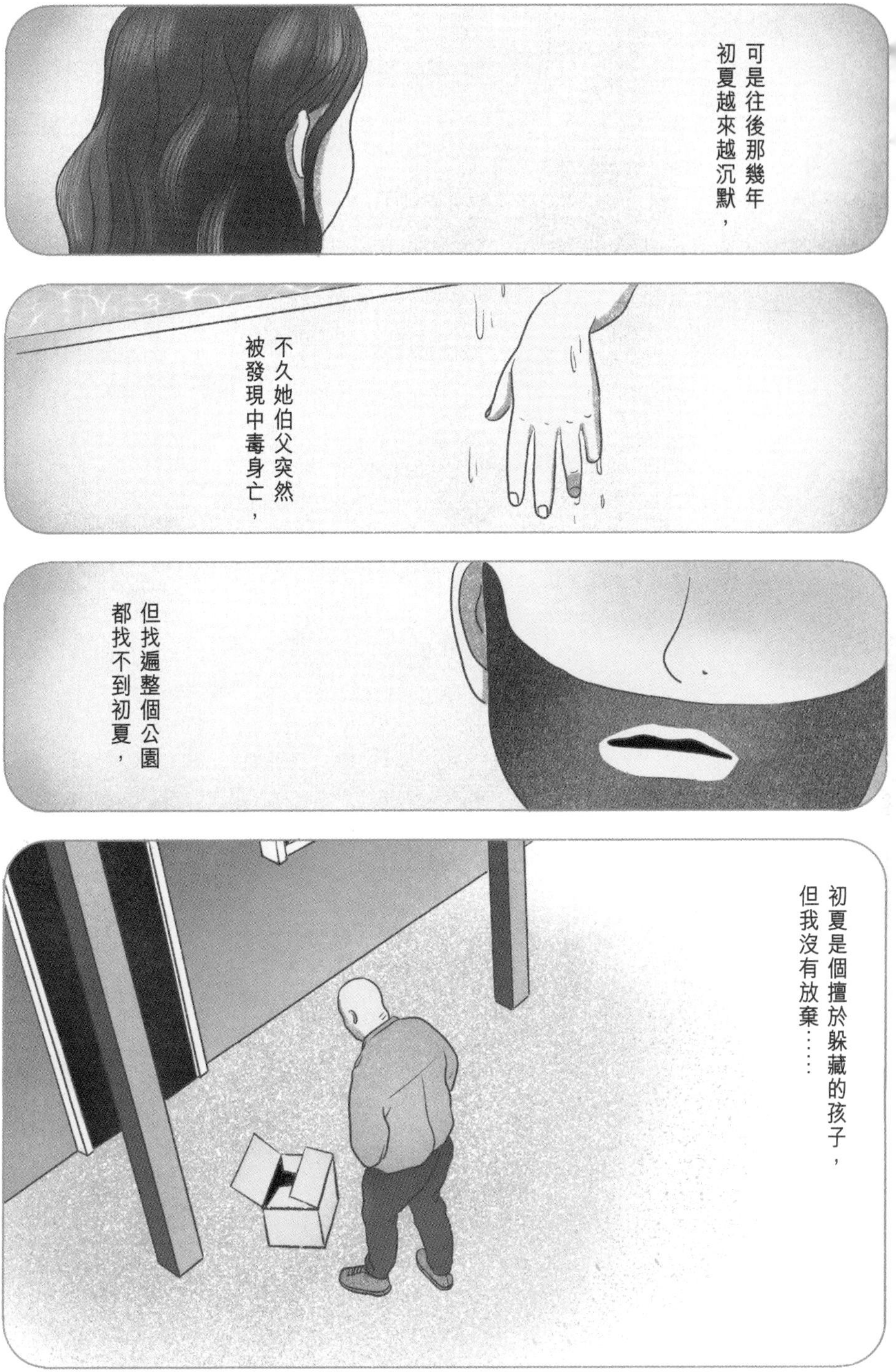
可是往後那幾年
初夏越來越沉默，
不久她伯父突然
被發現中毒身亡，
但找遍整個公園
都找不到初夏，
初夏是個擅於躲藏的孩子，
但我沒有放棄……

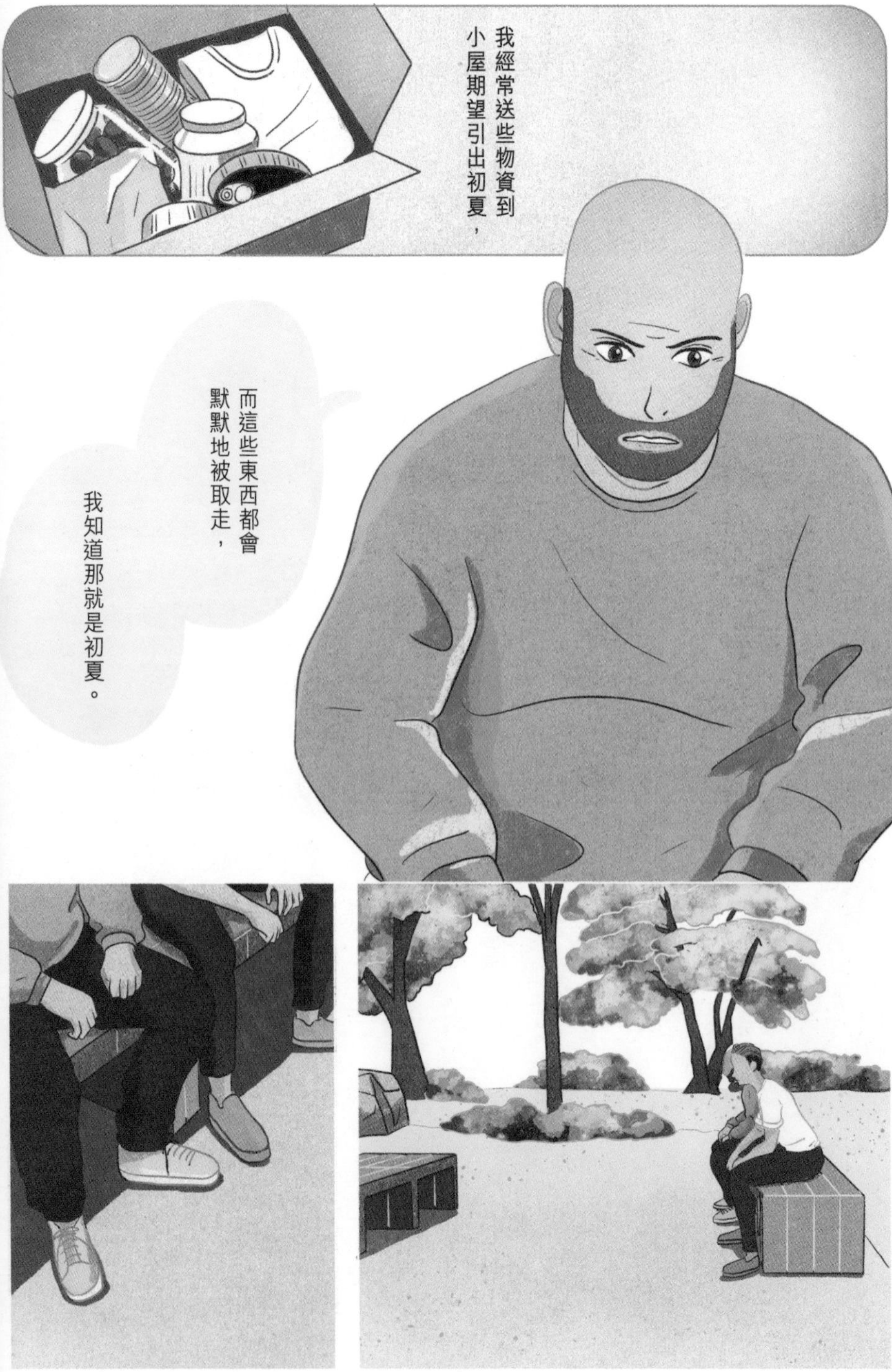
我經常送些物資到小屋期望引出初夏，
而這些東西都會默默地被取走，
我知道那就是初夏。

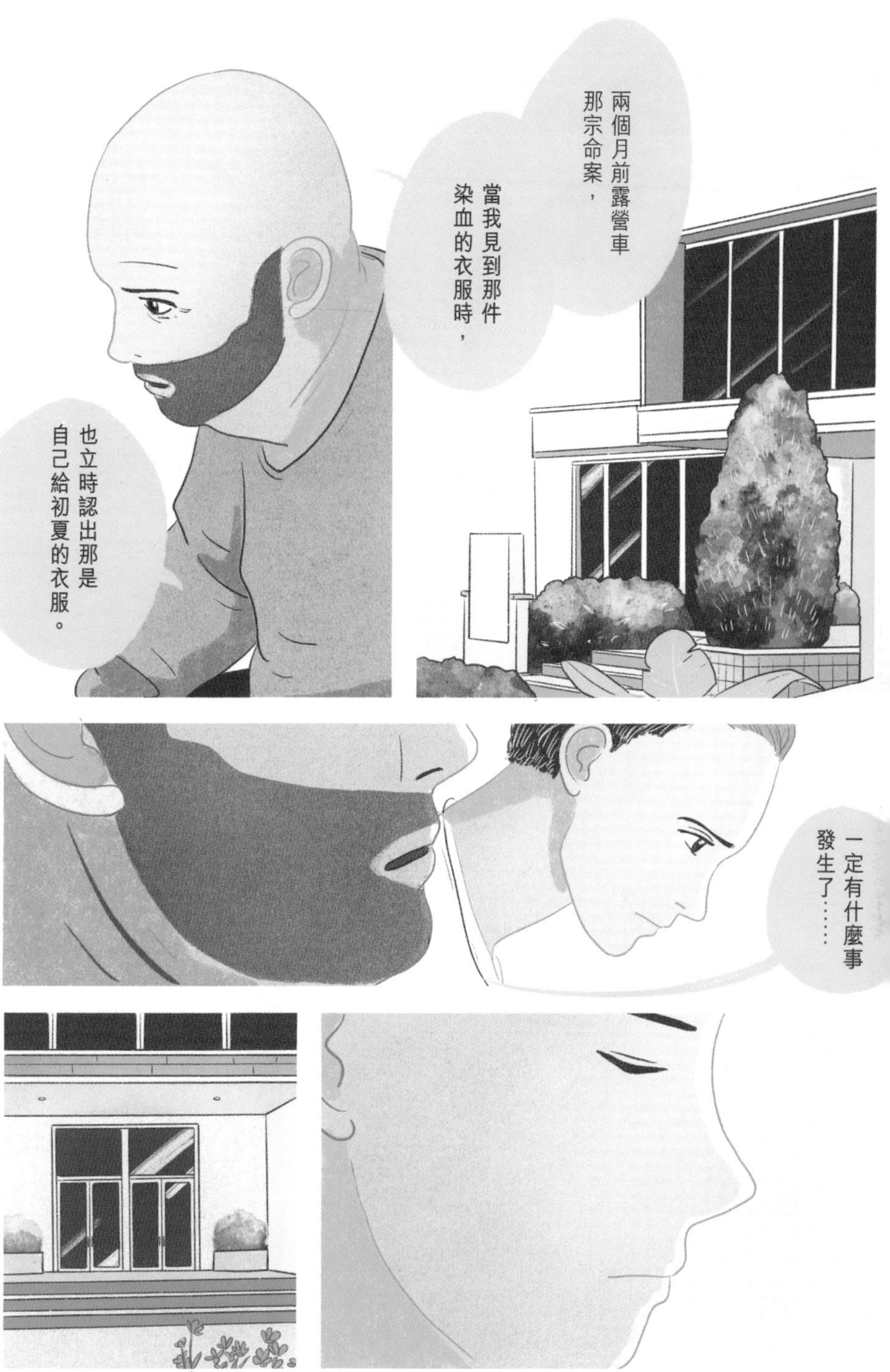
兩個月前露營車那宗命案，
當我見到那件染血的衣服時，
也立時認出那是自己給初夏的衣服。
一定有什麼事發生了……

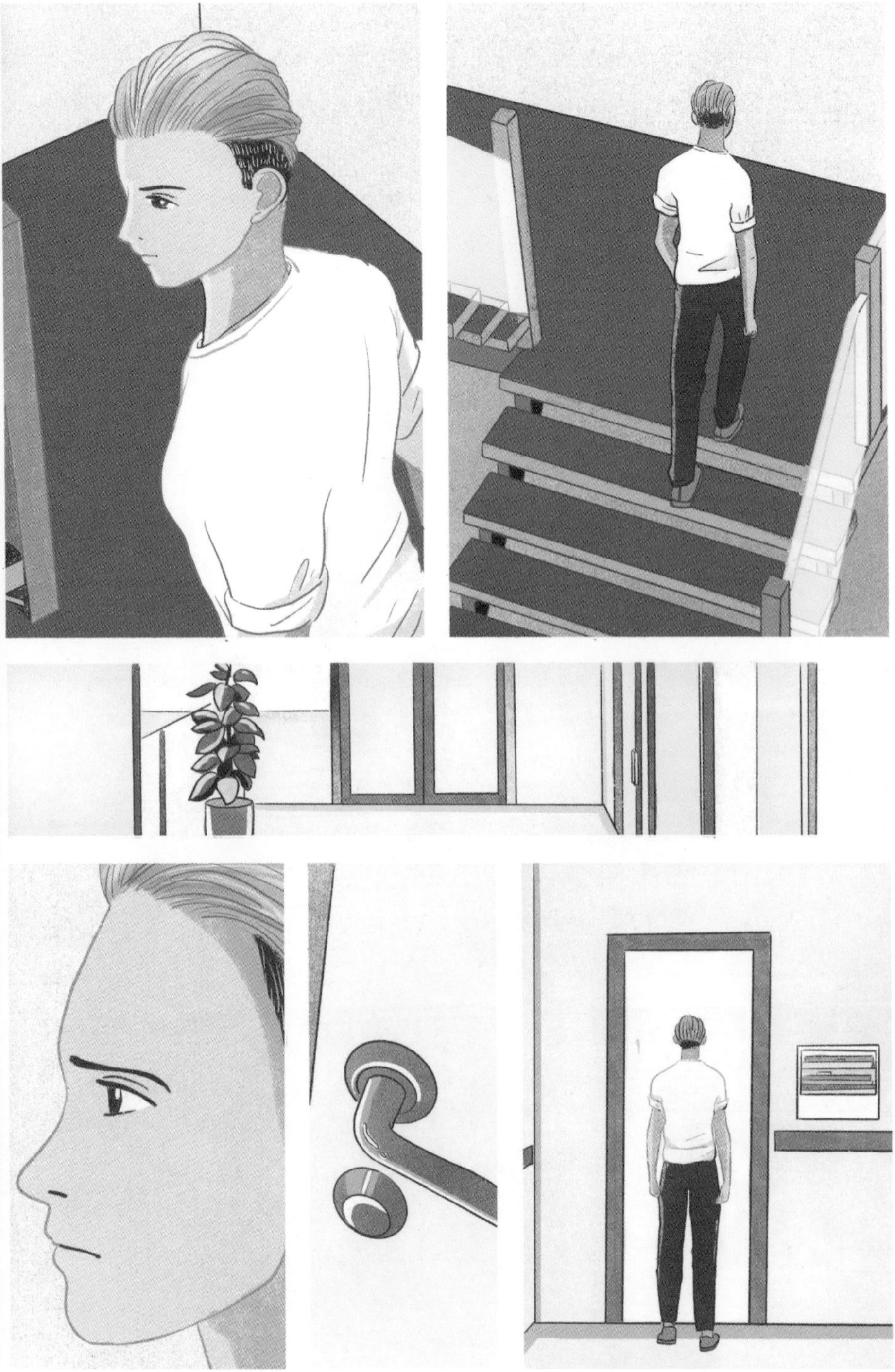

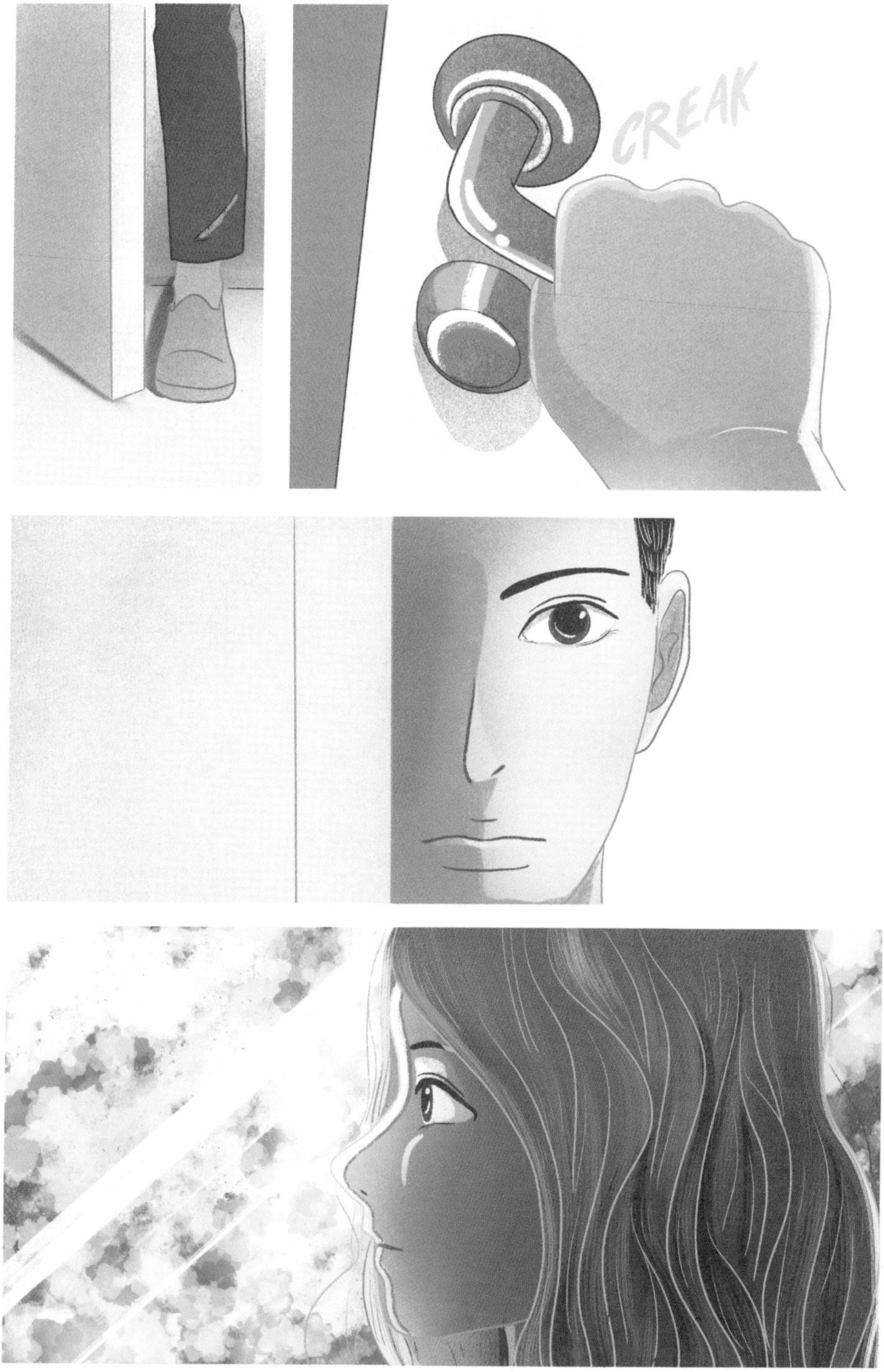
CREAK

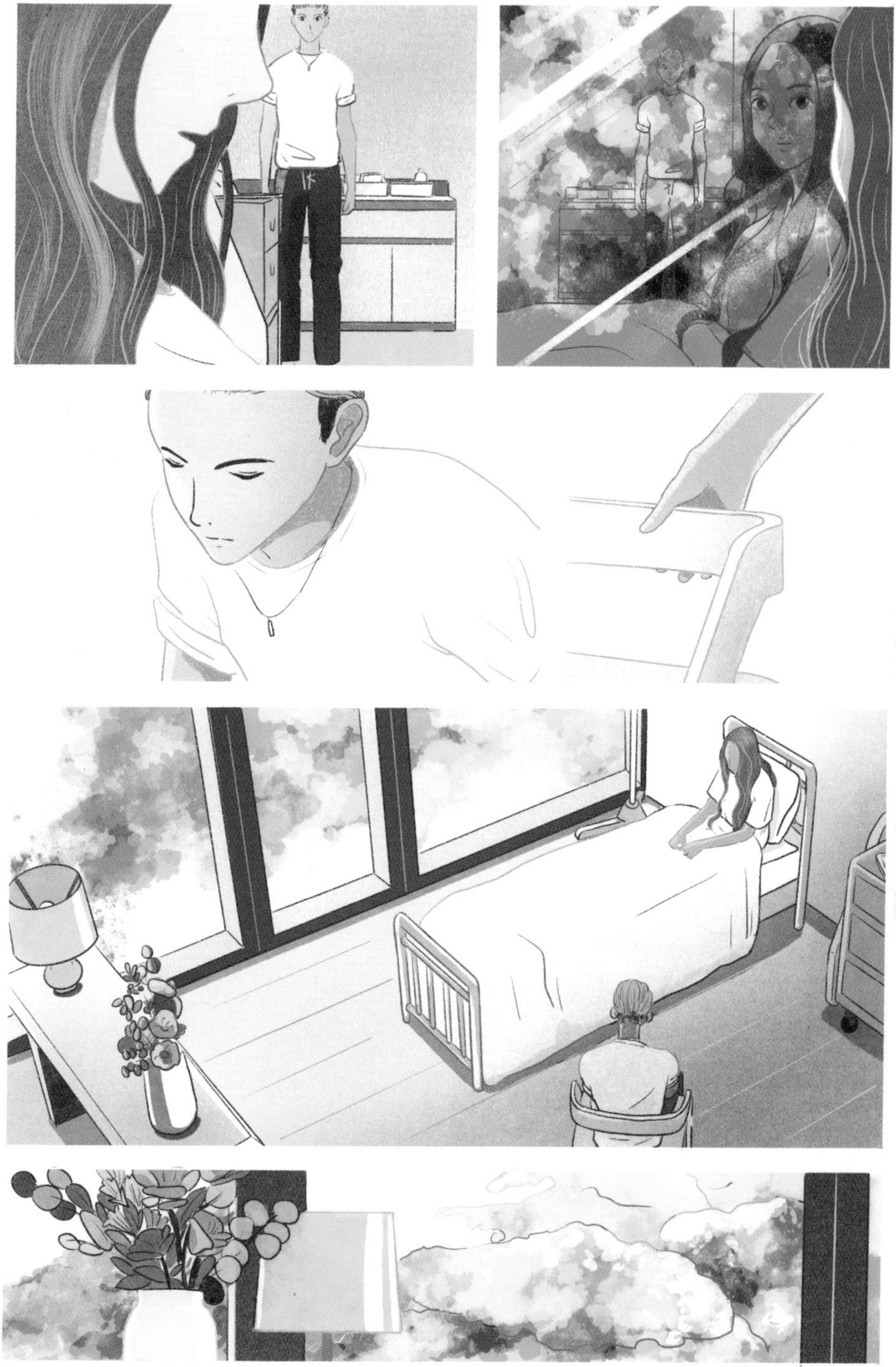

對不起。

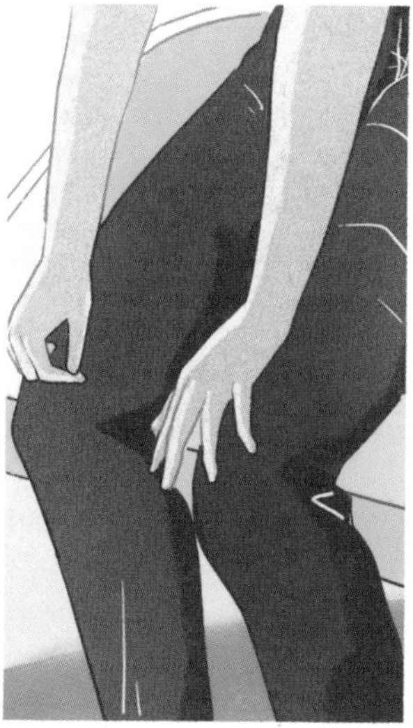

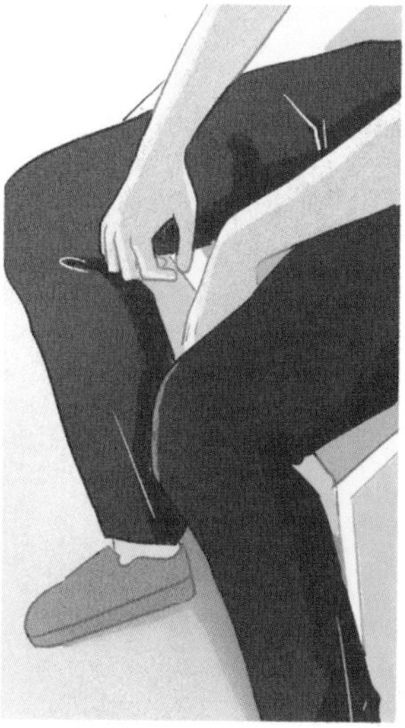

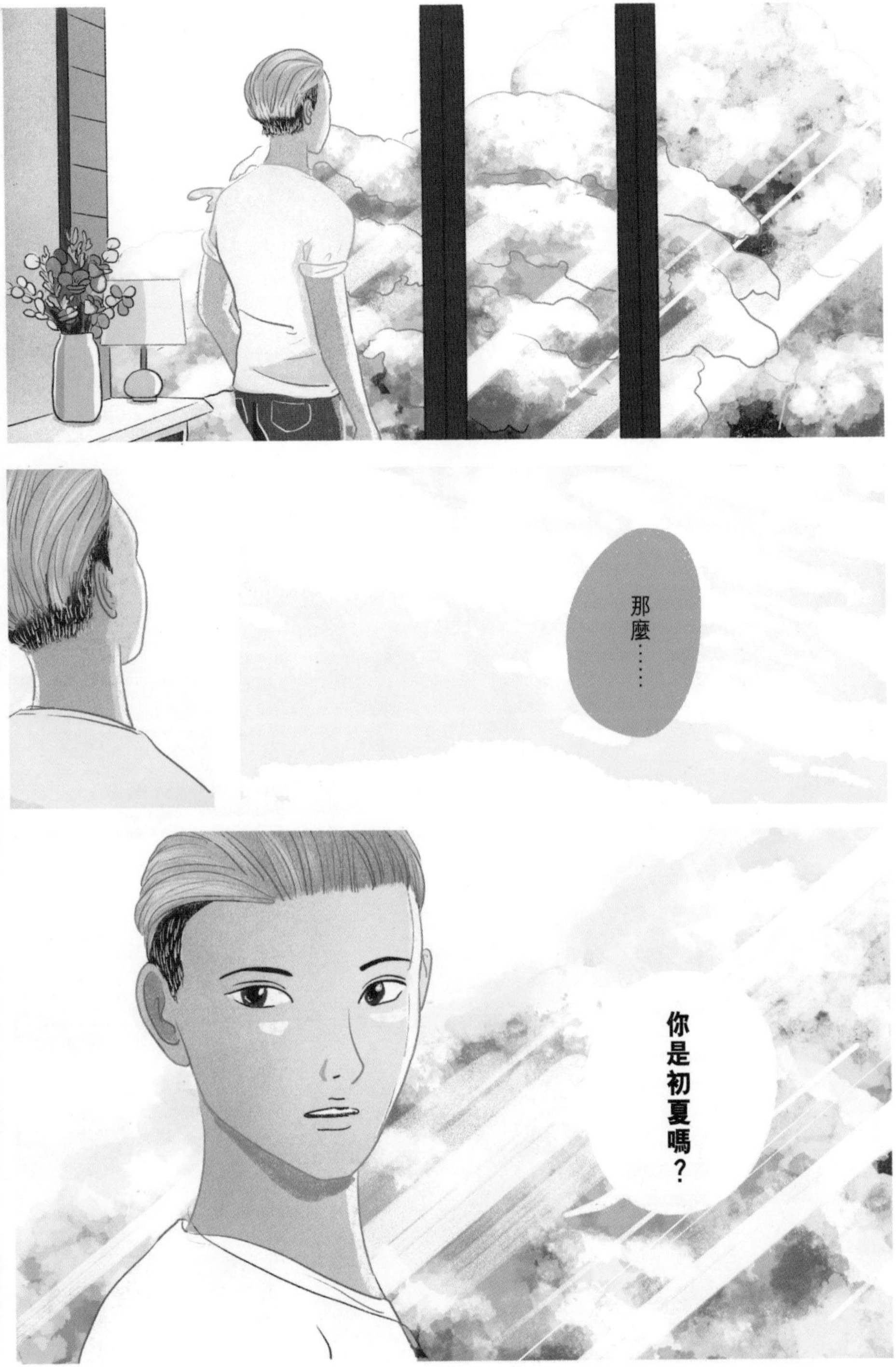
那麼……
你是初夏嗎？

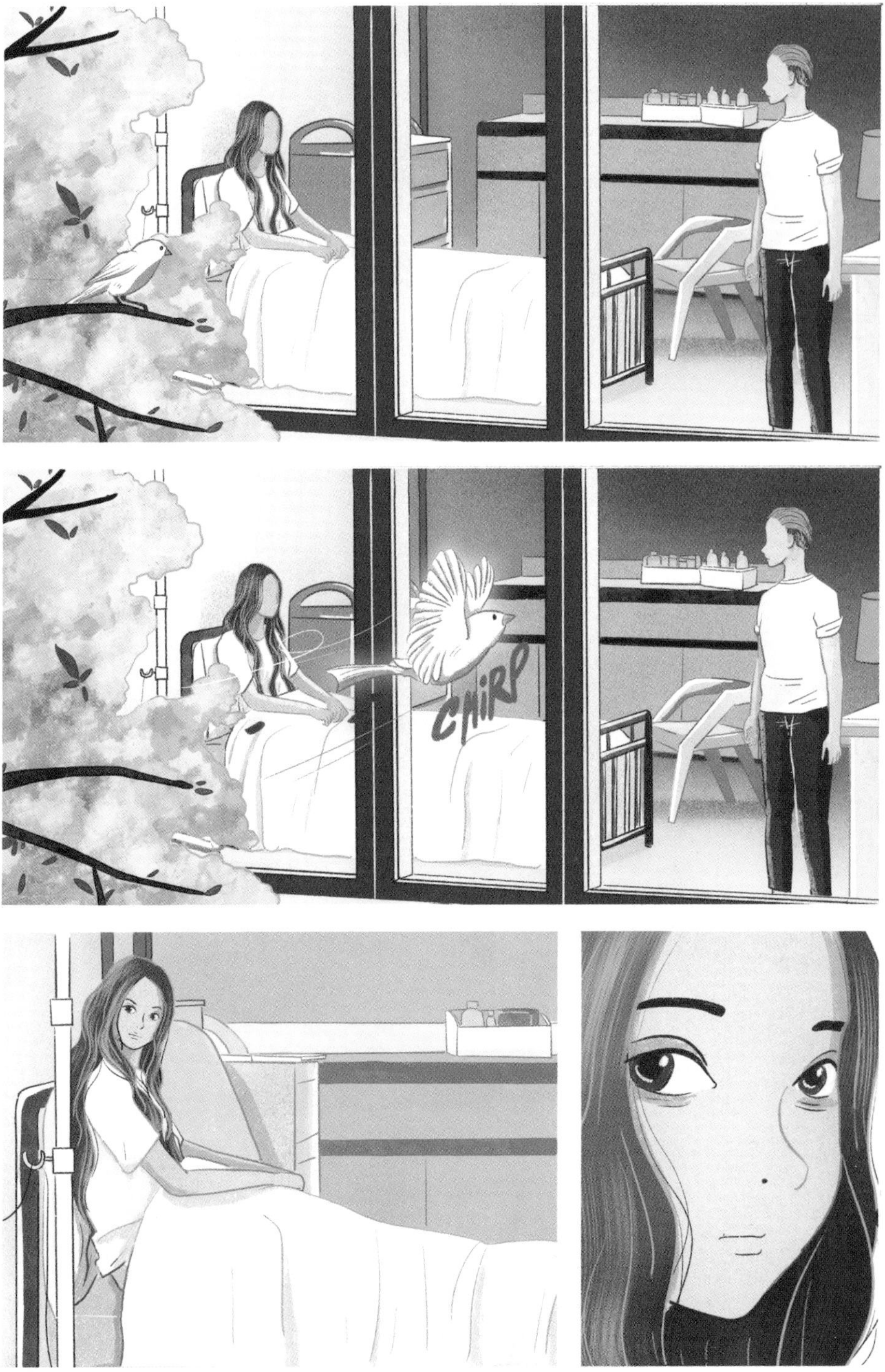
CHIRP

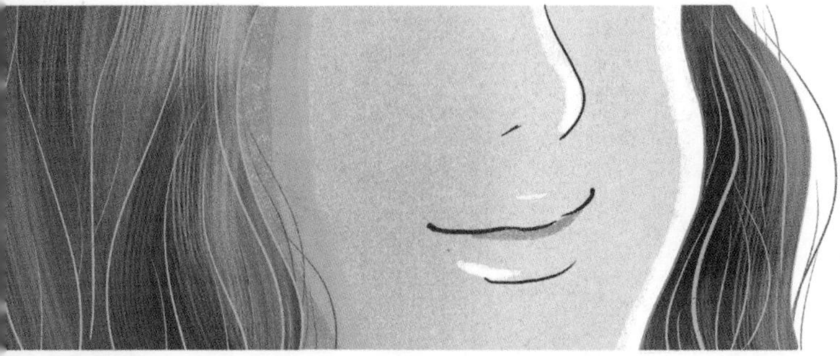

FIN.

AFTERWORD

創作《初夏丘晨》這個作品確實花了不少心力，亦是一個自我療癒的過程。或許初夏的經歷並不是尋常人都會遇上的事情，但那些經歷痛苦的綑綁與掙扎，學習釋放與共存，這些情感卻是如此真實。即便遇上痛苦，世界依然在轉，在大世界努力尋找屬於自己的生活方式，或許是我們其中一份功課吧。

故事私心放了許多我很喜歡的元素，坐着露營車在無邊無際的郊野奔馳，是我很嚮往的生活，所以在故事還未成形的時候我已決定要把這個元素加上（笑）。世界的風景地貌、情感的牽絆描寫，都是令我着迷的地方。

最後，仍然要感謝為故事獻出無數個晚上的伙伴，不斷腦震盪地改良故事。希望大家也能投放情感與主角一同經歷，歡迎來到紅石國家公園！

ArYU —— 2024.6

LOST IN RED

原案及作畫　ArYU

設計　Nikkie

監製　肥佬

校對　Patty

出版　格子有限公司
香港荔枝角青山道 505 號通源工業大廈 7 樓 B 室

承印　新藝域印刷製作有限公司
香港柴灣吉勝街 45 號勝景工業大廈 4 樓 A 室

ISBN　978-988-70532-0-0
定價　$160

2024 年 7 月　初版第 1 刷發行

本出版物獲第三屆【「港漫動力」— 香港漫畫支援計劃】資助。該計劃由香港動漫畫聯會主辦，香港特別行政區政府「文創產業發展處」為主要贊助機構。

鳴謝：
主辦機構：香港動漫畫聯會
主要贊助機構：香港特別行政區政府「文創產業發展處」

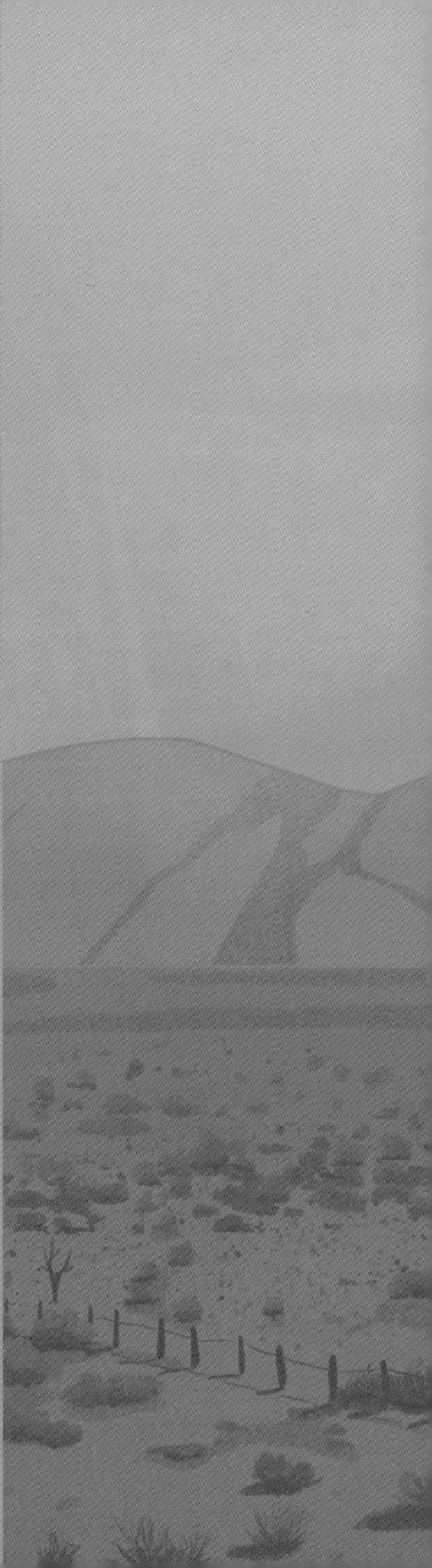